古典文獻研究輯刊

六 編

曾永義 主編

第12冊

《納書楹曲譜》研究
——以《四夢全譜》訂譜作法爲核心（下）

林佳儀 著

國家圖書館出版品預行編目資料

《納書楹曲譜》研究——以《四夢全譜》訂譜作法為核心（下）
／林佳儀 著 — 初版 — 新北市：花木蘭文化出版社，2012〔
民 101〕
目 8+144 面；19×26 公分
（古典文學研究輯刊　六編：第 12 冊）
ISBN：978-986-254-956-8（精裝）
1. 曲譜 2. 樂曲分析 3. 比較研究
820.8　　　　　　　　　　　　　　　　　101014844

ISBN-978-986-254-956-8

9 789862 549568

古典文學研究輯刊
六　編　第十二冊　　　　　ISBN：978-986-254-956-8

《納書楹曲譜》研究
——以《四夢全譜》訂譜作法為核心（下）

作　　者　林佳儀
主　　編　曾永義
總 編 輯　杜潔祥
出　　版　花木蘭文化出版社
發 行 所　花木蘭文化出版社
發 行 人　高小娟
聯絡地址　新北市永和區中正路五九五號七樓
　　　　　電話：02-2923-1455／傳眞：02-2923-1452
網　　址　http://www.huamulan.tw 信箱 sut81518@gmail.com
印　　刷　普羅文化出版廣告事業
初　　版　2012 年 9 月
定　　價　六編 18 冊（精裝）新台幣 30,000 元

《納書楹曲譜》研究
——以《四夢全譜》訂譜作法爲核心（下）

林佳儀　著

上 冊

序（李殿魁）

凡 例

緒 論 1

　一、研究旨趣 1

　二、文獻回顧 4

　三、研究取徑 6

第一章　葉堂其人與葉譜刊行 9

　第一節　乾隆時期蘇州的崑曲活動 9

　　一、唱曲、堂名與看戲 10

　　二、戲班與演員 12

　　三、創作與選本 16

　　四、曲論、曲韻與曲譜 22

　第二節　葉堂及其交遊、後學 28

　　一、方志著錄之葉堂 29

　　二、葉堂之交遊 30

　　三、關注俗唱的葉堂 35

　　四、葉派唱口的遞續 37

　第三節　葉譜的刊行及影響 41

　　一、葉譜的刊行 41

　　二、葉譜的編選 47

　　三、葉譜的體例 50

　　四、葉譜的影響 58

第二章　葉譜選錄內容分析 65

　第一節　葉譜取材（上）：選自流傳劇目 66

　　一、崑班演出《南西廂》背景下的《北西廂》
　　　　全本曲譜 66

　　二、競演折子戲背景下的《四夢》全本曲譜
　　　　.. 69

　　三、從晚明戲曲選本論《納書楹曲譜》收錄
　　　　的元明戲曲散齣 71

　第二節　葉譜取材（下）：選自時興作品 82

　　一、明清之際蘇州作家群作品 82

　　二、《長生殿》、《桃花扇》及其他 87

　　三、俗增作品、時劇及散曲 92

目次

　　　四、葉譜的選本特色 ································· 97
　第三節　選譜分析 ·································· 101
　　　一、從絃索譜及《九宮大成譜》談起 ········· 103
　　　二、從《遏雲閣曲譜》到《崑曲集淨》 ····· 106
　　　三、存譜綜論 ·································· 119
第三章　《四夢全譜》宛轉相就之法 ············· 123
　第一節　葉譜集曲作法 ·························· 125
　　　一、摘句相連的集曲 ························· 127
　　　二、首尾歸本格的集曲 ····················· 137
　　　三、多重首尾及未分析摘句的集曲 ········· 140
　　　四、集曲音樂的特質 ························· 146
　第二節　宛轉相就作法綜論 ···················· 149
　　　一、作法分類 ································· 150
　　　二、權衡後的幾處改動 ····················· 157
　　　三、對俗唱的批評與接受 ··················· 162
　　　四、重樂甚於重律 ························· 167
　第三節　宛轉相就作法評議 ···················· 177
　　　一、葉堂訂譜原則──追求文、律、樂之間
　　　　　的平衡 ·································· 177
　　　二、鈕譜、馮譜、葉譜、劉譜作法評說 ····· 184
　　　三、清前期曲樂的發展及工尺譜刊行 ········· 191

下　冊

第四章　《四夢》曲譜之比較研究 ················ 201
　第一節　《四夢全譜》於相同牌調的曲腔處理 ···· 202
　　　一、變化音區之例 ························· 203
　　　二、變化節奏之例 ························· 210
　　　三、著意作腔變化 ························· 215
　　　四、相同曲牌的兩種曲調 ··················· 226
　第二節　諸譜《四夢》曲腔之異同 ·············· 230
　　　一、曲腔雷同之例 ························· 231
　　　二、常見的曲腔變化手法 ··················· 238
　　　三、曲腔構思不同之例 ····················· 249
　第三節　從《四夢全譜》探討曲樂相關問題 ······ 258
　　　一、曲文字聲與曲腔旋律 ··················· 258

　　二、曲牌行腔與固定曲調 ……………………………… 267
　　三、《四夢全譜》積累的曲腔譜法 …………………… 274
結　論 …………………………………………………………… 281
　一、葉堂之曲樂觀點 ………………………………………… 282
　二、葉譜之價值 ……………………………………………… 284
參考書目 ………………………………………………………… 287
附　錄 …………………………………………………………… 303
　附錄一　曲譜發展脈絡示例 ……………………………… 303
　附錄二　葉堂初刻《西廂記譜》〈自序〉 ……………… 305
　附錄三　葉譜選錄劇目及齣目一覽表 …………………… 307
　附錄四　《四夢全譜》宛轉相就一覽表 ………………… 317
　附錄五　《南詞新譜》收錄之《四夢》曲牌 …………… 330
　附錄六　《南詞定律》、《九宮大成譜》收錄之
　　　　　《四夢》曲牌 …………………………………… 331
後　記 …………………………………………………………… 341
圖片目次
　書影
　　　圖 1　《西廂記譜》書名葉 ………………………… 影 1
　　　圖 2　《西廂記譜》卷端 …………………………… 影 1
　　　圖 3　《納書楹曲譜》書名葉 ……………………… 影 1
　　　圖 4　《納書楹曲譜》卷端 ………………………… 影 1
　　　圖 5　《納書楹牡丹亭全譜》書名葉 ………………… 影 2
　　　圖 6　《納書楹牡丹亭全譜》卷端 …………………… 影 2
　　　圖 7　《納書楹西廂記全譜》書名葉 ………………… 影 2
　　　圖 8　《納書楹西廂記全譜》卷端 …………………… 影 2
　緒論
　　　圖 9　曲譜發展脈絡圖 ……………………………………… 2
　附錄
　　　圖 10　《中原音韻》（曲文） ……………………… 303
　　　圖 11　《太和正音譜》（曲文、平仄） ………… 303
　　　圖 12　《增訂南九宮譜》（曲文、平仄、點板）
　　　　　　 ………………………………………………… 303
　　　圖 13　《南詞定律》（曲文、點板、工尺） … 304
　　　圖 14　《納書楹曲譜》（曲文、板眼、工尺）
　　　　　　 ………………………………………………… 304

圖 15 《遏雲閣曲譜》（曲文、板眼、工尺、
唸白）⋯⋯⋯⋯⋯⋯⋯⋯⋯⋯ 304
圖 16 《集成曲譜》（曲文、板眼、工尺、唸
白、科介、鑼鼓）⋯⋯⋯⋯⋯⋯ 304

表格目次

第一章　葉堂其人與葉譜刊行
表 1 南北曲韻書一覽表 ⋯⋯⋯⋯⋯⋯ 24
表 2 葉譜出版概況表 ⋯⋯⋯⋯⋯⋯⋯ 42
表 3 工尺譜板眼符號表 ⋯⋯⋯⋯⋯⋯ 53

第二章　葉譜選錄內容分析
表 4 葉譜選錄之劇目及齣目統計 ⋯⋯ 65
表 5 晚明崑腔系統戲曲散齣選本 ⋯⋯ 72
表 6 《綴白裘》與《納書楹曲譜》收錄蘇州
作家群作品 ⋯⋯⋯⋯⋯⋯⋯⋯ 83
表 7 乾隆時期選本中可見的俗增作品 ⋯ 92
表 8 可與葉譜參照之刊行曲譜 ⋯⋯⋯ 102

第三章　《四夢全譜》宛轉相就之法
表 9 【商調・金絡索】段落表—《琵琶記・
飢荒》⋯⋯⋯⋯⋯⋯⋯⋯⋯⋯ 131
表 10 【商調・金落索】集入曲牌之笛色 ⋯ 133
表 11 【商調・金落索】上下句及結音一覽
表—《躍鯉記・思母》⋯⋯⋯⋯ 134
表 12 葉譜【小桃紅】、【下山虎】一覽表 ⋯ 138
表 13 葉譜【山桃紅】一覽表 ⋯⋯⋯⋯ 139
表 14 【南呂・十樣錦】段落與集法—《長
生殿・復召》⋯⋯⋯⋯⋯⋯⋯⋯ 142
表 15 《南詞定律》、《九宮大成譜》收錄《牡
丹亭》曲牌調名之差異 ⋯⋯⋯⋯ 194

第四章　《四夢》曲譜之比較研究
表 16 《四夢》【南呂・紅衲襖】一覽表 ⋯⋯ 204
表 17 《四夢》【黃鐘・滴溜子】一覽表 ⋯⋯ 207
表 18 《四夢》【黃鐘・畫眉序】一覽表 ⋯⋯ 211
表 19 《四夢》【大石・催拍】一覽表 ⋯⋯ 215
表 20 《四夢》【仙呂・皂羅袍】一覽表 ⋯⋯ 218
表 21 《四夢》北【仙呂・寄生草】一覽表 ⋯ 222
表 22 《四夢》【南呂・大迓鼓】一覽表 ⋯⋯ 226

表 23　清康熙至同治年間收錄《四夢》曲腔
　　　　之譜 ……………………………… 230
表 24　字腔「腔格」表（節錄自洛地《詞樂
　　　　曲唱》）……………………………… 260

譜例目次
　緒　論
　　譜 1　【滴溜子】
　　　　　—《牡丹亭·圓駕》首三句 ………… 7
　　譜 2　【雙聲子】
　　　　　—《牡丹亭·圓駕》首三句 ………… 7
　第三章　《四夢全譜》宛轉相就之法
　　譜 3　【梁州新郎】首五句
　　　　　—《琵琶記·賞荷》……………… 128
　　譜 4　【梁州新郎】（換頭）首四句
　　　　　—《琵琶記·賞荷》……………… 129
　　譜 5　【賀新郎】合至末（六至八句）
　　　　　—《南柯記·入夢》……………… 129
　　譜 6　【梁州新郎】（換頭）十一至十三句
　　　　　—《琵琶記·賞荷》……………… 129
　　譜 7　【金落索】末三句
　　　　　—《躍鯉記·思母》……………… 136
　　譜 8　【金落索】末三句
　　　　　—《南柯記·粲誘》……………… 136
　　譜 9　【下山虎】與【山桃紅】首二句
　　　　　—《玉簪記·秋江》、《牡丹亭·驚夢》
　　　　　…………………………………… 139
　　譜 10　【桂枝香】第七至九句
　　　　　—《琵琶記·賞荷》……………… 173
　　譜 11　【桂枝香】第七至九句（少第八句）
　　　　　—《紫釵記·觀屏》……………… 173
　　譜 12　【字字錦】第八、九句
　　　　　—《紫釵記·議婚》（葉譜）……… 176
　　譜 13　【字字錦】第八、九句
　　　　　—《紫釵記·議婚》（《大成》）…… 176
　　譜 14　【鬥鵪鶉】第一、二句
　　　　　—《邯鄲記·極欲》……………… 180

　　　　譜 15　【鬥鵪鶉】第五、六句
　　　　　　　　──《邯鄲記・極欲》‧‧‧‧‧‧‧‧‧‧‧‧180
　　　　譜 16　【金蓮子】後半
　　　　　　　　──《牡丹亭・幽媾》（葉譜）‧‧‧‧‧‧‧‧187
　　　　譜 17　【金蓮子】後半
　　　　　　　　──《牡丹亭・幽媾》（劉譜）‧‧‧‧‧‧‧‧188
　　　　譜 18　【後庭花】增句段落
　　　　　　　　──《牡丹亭・冥判》（馮譜）‧‧‧‧‧‧‧‧189
　　　　譜 19　【後庭花】增句段落
　　　　　　　　──《牡丹亭・冥判》（葉譜）‧‧‧‧‧‧‧‧189
　　　　譜 20　【啄木兒】之【前腔】後半
　　　　　　　　──《牡丹亭・冥誓》（馮譜）‧‧‧‧‧‧‧‧190
　　　　譜 21　【啄木兒】之【前腔】後半
　　　　　　　　──《牡丹亭・冥誓》（葉譜）‧‧‧‧‧‧‧‧190
　第四章　《四夢》曲譜之比較研究
　　　　譜 22　【紅衲襖】
　　　　　　　　──《牡丹亭・鬧殤》‧‧‧‧‧‧‧‧‧‧‧‧205
　　　　譜 23　【紅衲襖】首四句
　　　　　　　　──《邯鄲記・召還》‧‧‧‧‧‧‧‧‧‧‧‧206
　　　　譜 24　【滴溜子】
　　　　　　　　──《南柯記・閨警》‧‧‧‧‧‧‧‧‧‧‧‧208
　　　　譜 25　【滴溜子】
　　　　　　　　──《牡丹亭・冥誓》‧‧‧‧‧‧‧‧‧‧‧‧209
　　　　譜 26　【滴溜子】首二句
　　　　　　　　──《紫釵記・榮歸》‧‧‧‧‧‧‧‧‧‧‧‧210
　　　　譜 27　【畫眉序】
　　　　　　　　──《紫釵記・園盟》‧‧‧‧‧‧‧‧‧‧‧‧213
　　　　譜 28　【畫眉序】首五句
　　　　　　　　──《南柯記・御餞》‧‧‧‧‧‧‧‧‧‧‧‧214
　　　　譜 29　【畫眉序】首五句
　　　　　　　　──《南柯記・繫帥》‧‧‧‧‧‧‧‧‧‧‧‧214
　　　　譜 30　【催拍】
　　　　　　　　──《牡丹亭・婚走》‧‧‧‧‧‧‧‧‧‧‧‧216
　　　　譜 31　【催拍】中段
　　　　　　　　──《邯鄲記・生寤》‧‧‧‧‧‧‧‧‧‧‧‧217
　　　　譜 32　【皂羅袍】
　　　　　　　　──《邯鄲記・招賢》‧‧‧‧‧‧‧‧‧‧‧‧219

譜 33 【皂羅袍】
　　　──《牡丹亭・驚夢》 ⋯⋯⋯⋯⋯⋯ 220

譜 34 北【寄生草】
　　　──《南柯記・轉情》 ⋯⋯⋯⋯⋯⋯ 223

譜 35 北【寄生草】
　　　──《紫釵記・折柳》 ⋯⋯⋯⋯⋯⋯ 225

譜 36 【大迓鼓】
　　　──《邯鄲記・鑿郟》 ⋯⋯⋯⋯⋯⋯ 227

譜 37 【大迓鼓】
　　　──《邯鄲記・雜慶》 ⋯⋯⋯⋯⋯⋯ 227

譜 38 【大迓鼓】
　　　──《紫釵記・歡釵》 ⋯⋯⋯⋯⋯⋯ 229

譜 39 【醉扶歸】
　　　──《牡丹亭・驚夢》（《南詞定律》工
　　　尺譜） ⋯⋯⋯⋯⋯⋯⋯⋯⋯⋯⋯⋯ 232

譜 40 【醉扶歸】
　　　──《牡丹亭・驚夢》（《九宮大成譜》
　　　工尺譜） ⋯⋯⋯⋯⋯⋯⋯⋯⋯⋯⋯ 232

譜 41 【醉扶歸】
　　　──《牡丹亭・驚夢》（馮譜工尺譜） ⋯ 233

譜 42 【醉扶歸】
　　　──《牡丹亭・驚夢》（葉譜工尺譜） ⋯ 233

譜 43 【醉扶歸】
　　　──《牡丹亭・驚夢》（《遏雲閣曲譜》
　　　工尺譜） ⋯⋯⋯⋯⋯⋯⋯⋯⋯⋯⋯ 233

譜 44 【柳搖金】四至六句
　　　──《邯鄲記・行田》（《定律》、
　　　《大成》、葉譜） ⋯⋯⋯⋯⋯⋯⋯⋯ 236

譜 45 【啄木三歌】三至四句
　　　──《牡丹亭・回生》（《定律》、
　　　《大成》、馮譜、葉譜） ⋯⋯⋯⋯⋯ 244

譜 46 北【沉醉東風】
　　　──《邯鄲記・合仙》（葉譜） ⋯⋯⋯ 245

譜 47 北【沉醉東風】
　　　──《邯鄲記・仙圓》（《遏雲閣曲譜》）
　　　⋯⋯⋯⋯⋯⋯⋯⋯⋯⋯⋯⋯⋯⋯⋯ 245

譜 48 【榴花好】首三句
　　　 ──《牡丹亭・婚走》（《大成》）……… 247

譜 49 【榴花泣】首三句
　　　 ──《牡丹亭・婚走》（葉譜）……… 247

譜 50 【嘉慶子】末三句
　　　 ──《牡丹亭・尋夢》（《大成》）……… 248

譜 51 【嘉慶子】末三句
　　　 ──《牡丹亭・尋夢》（葉譜）……… 248

譜 52 【賀新郎】
　　　 ──《邯鄲記・入夢》（《大成》）……… 249

譜 53 【賀新郎】
　　　 ──《邯鄲記・入夢》（葉譜）……… 250

譜 54 【黑麻令】
　　　 ──《牡丹亭・魂遊》（《大成》）……… 251

譜 55 【黑麻令】
　　　 ──《牡丹亭・魂遊》（葉譜）……… 252

譜 56 【黃龍衮】
　　　 ──《牡丹亭・歡撓》（葉譜）……… 254

譜 57 【黃龍衮】
　　　 ──《牡丹亭・歡撓》（馮譜）……… 254

譜 58 【鮑老催】
　　　 ──《牡丹亭・驚夢》（葉譜）……… 256

譜 59 【鮑老催】
　　　 ──《牡丹亭・驚夢》（馮譜）……… 256

譜 60 【桂花順南枝】五、六句
　　　 ──《牡丹亭・訣謁》（馮譜）……… 269

譜 61 【桂月上南枝】五、六句
　　　 ──《牡丹亭・訣謁》（葉譜）……… 270

譜 62 【玉桂枝】末段
　　　 ──《牡丹亭・折寇》（馮譜）……… 271

譜 63 【玉桂五枝】末段
　　　 ──《牡丹亭・折寇》（葉譜）……… 271

譜 64 【步步嬌】
　　　 ──《牡丹亭・驚夢》……… 275

譜 65 【步步嬌】
　　　 ──《牡丹亭・硬拷》……… 276

第四章　《四夢》曲譜之比較研究

　　筆者於第三章專論葉堂如何以各種作法，宛轉相就湯顯祖未盡合律的曲文；本章則將比較探討《四夢》曲樂的現象，展現葉堂譜曲時的細膩之處，並試圖觀照《四夢全譜》在曲樂發展脈絡中的承繼與開創之情形。本章比較的切入點有二：其一乃葉譜本身作法之比較，關注葉堂於《四夢全譜》中，處理相同牌調的曲腔，是否可有不同的曲情表現；其二乃與其他曲譜之比較，取葉堂爲《四夢》所訂之曲腔，與其前《南詞定律》、《九宮大成譜》、其後《遏雲閣曲譜》等相同曲牌比較，其間異同如何？而曲家訂譜時，在曲文與曲樂之間如何騰挪變化？最後，藉由比較的結果，探討曲樂相關問題，包括是否依字行腔、是否有固定曲調、《四夢全譜》積累的曲腔譜法等。

　　面對《四夢全譜》將近 1,500 隻曲牌，在無法全盤分析討論下，筆者的取材策略，乃選擇有較多參照對象者，於《四夢》而言，至少是有三齣戲運用的曲牌；於曲譜而言，除葉譜外，以《遏雲閣曲譜》所收的常演折子戲爲主，並盡量選取《南詞定律》、《九宮大成譜》亦選入曲牌或套曲者，以觀察曲樂發展或曲家訂譜的相關脈絡。即使筆者涉及的僅是《四夢》中的少數曲牌，若逐一羅列樂譜亦頗費篇幅，幸《四夢全譜》的原譜及譯譜皆已出版，[註1]故筆者在分析每一曲牌前，將詳細列表說明討論對象及資料出處以供參考，而於譜例則僅錄入與內容直接相關者。

〔註 1〕 葉堂訂譜：《納書楹四夢全譜》，收入《續修四庫全書》第 1757 冊。
　　　　 周雪華譯譜：《崑曲湯顯祖「臨川四夢」全集——納書楹曲譜版》（上海：上海教育出版社，2008）。

第一節　《四夢全譜》於相同牌調的曲腔處理

　　一部傳奇劇作的曲文，乃聯綴曲牌及套數而成，劇情進展、抒發感懷，亦由曲套次第展開，故前人曲論於曲牌之粗細性質、排場與套式之選用等多所闡釋。〔註2〕本節之目的不在討論湯作安排的套式是否恰當，〔註3〕而在觀察葉堂面對湯顯祖匠心獨運之作法，在相同牌調用於不同情境時的曲腔處理，以見葉譜如何藉由曲腔「聲隨意轉」來傳達曲情，就如王文治在《四夢全譜》〈序〉極力推崇葉譜的成就：「懷庭乃苦心孤詣，以意逆志，順文律之曲折，作曲律之抑揚，頓挫綿邈，盡玉茗之能事。」（頁2）本節的寫作則企圖面對曲腔，分析葉堂殫精竭慮的各種創作構思，選擇以相同曲牌爲切入點，除易於從比較中見出差異，更在筆者好奇相同曲牌之間曲腔的異同，〔註4〕期能由此觀照曲樂活潑之特質。目前分析曲牌的專著，舉例最爲翔實豐富者，首推《崑曲曲牌及套數範例集》，由於該書的重要目的乃在「指導譜曲」，故致力於分析歸納每一曲牌腔句的「主腔」，於曲樂的共同處多所著墨；〔註5〕而筆者的企圖，則在彰顯葉堂譜曲的細節，故以下特爲選取在相異情境中使用的相同曲牌，分析其在曲腔方面的創作處理。

　　因此，筆者篩選討論對象時，乃是以在《四夢》中頻繁見於各齣，且在相異情境中使用的相同曲牌爲主，原本挑選了十隻曲牌，然【仙呂・步步嬌】、【黃鐘・啄木兒】、【商調・集賢賓】三曲，因各曲之行腔沒有明顯差別，不

〔註2〕　如：許之衡：《曲律易知》（1922年許氏飲流齋刻本：臺北：郁氏印獎會，1979），論粗細曲、論排場、論配搭等部分。王季烈：《螾廬曲談》，卷二〈論作曲〉，第四章「論劇情與排場」等，見《集成曲譜》（上海：商務印書館，1925；臺北：進學書局影印出版，1969），聲集卷首。

〔註3〕　如：吳梅《顧曲麈談》第一章曾批評：「各套式最不可遵守者，莫如李日華之《南西廂》及湯若士之玉茗《四夢》。」見吳梅著，王衛民輯校：《吳梅戲曲論文集》（北京：中國戲劇出版社，1983），頁30。張敬〈湯若士《牡丹亭還魂記》情節配套之分析〉，曾分析《牡丹亭》各齣用曲及用套之得失，見張敬：《清徽學術論文集》（臺北：華正書局，1993），頁271～284。

〔註4〕　上海崑曲研習社研究組編：《崑劇曲調》（上海：上海文化出版社，1958），第二章談到「固定曲調」時，曾以《琵琶記・書館》、《牡丹亭・驚夢》之【山桃紅】爲例，說明不同情緒下曲調當然不能相同，引發筆者進一步探究的興趣。

〔註5〕　王守泰主編：《崑曲曲牌及套數範例集》（「南套」——上海：上海文藝出版社，1994、「北套」——上海：學林出版社，1997）。「指導譜曲」一語，見南套，頁65。「主腔」概念詳見頁223～237。學界對「主腔」有不同的看法，此不贅。

再列入討論。〔註6〕以下所選七隻曲牌，包括通常自行疊用成套的【南呂·紅衲襖】、【南呂·大迓鼓】、【大石·催拍】，可用於同一套的【黃鐘】【畫眉序】、【滴溜子】，另有【仙呂·皂羅袍】，以上皆爲南曲過曲；由於傳奇劇作中的北曲多屬點綴性質，故僅舉北【仙呂·寄生草】爲例。本節凸顯的是葉堂於單一牌調的曲腔創作現象，故下文討論時的排列次序，乃據曲樂處理方式，析爲變化音區、變化節奏及著意作腔三項，呈現葉堂處理不同曲情的詳細作法；必須說明的是：以下的小標題乃爲提示重點而設，實際的曲樂可能數者兼用，故分析曲牌時，仍將就所見現象詳爲闡釋。各曲牌之下，首列參照對象並概說曲牌，其次綜說曲牌音樂框架，並舉一曲爲例，最後探討不同情境之曲的音樂表現。本文在說明南曲句韻時，悉引用《南詞定律》爲參考，因該譜考訂精審，〔註7〕不若後出之《九宮大成譜》，廣採博收，令人難以適從；北曲部分則引用最爲詳盡之《北曲新譜》。〔註8〕以下引述曲文，將標示句韻，凡韻句以「◎」識別，非韻句標「。」爲記，押韻與否皆可之句以「·」誌之，逗斷處以「，」標示。譜例部分，爲行文及閱讀方便，乃將原譜轉換爲通行之簡譜示意，爲忠實呈現原譜，不標拍號、旋律不作增潤、曲文也未分正襯，僅依唱曲慣例粗略標示細部節奏；以下曲牌一覽表中錄入周雪華譯譜之頁數，則可參考其增入小眼且接近演唱方式之簡譜。

一、變化音區之例

（一）【南呂·紅衲襖】

1、曲牌概說

　　【紅衲襖】通常連用兩隻或四隻，自成一套，不與其他曲牌相連，故《崑曲曲牌及套數範例集》稱爲「孤牌」，〔註9〕最爲人熟知的爲《琵琶記·盤夫》

〔註6〕　本章第三節「《四夢全譜》積累的曲腔譜法」，將以【步步嬌】爲例，可參看。

〔註7〕　吳梅譽爲：「《南詞定律》出，度曲家始有準繩，大抵考訂異同，糾纆板式。」
　　　　見《新定十二律崑腔譜》〈跋〉，收入吳梅著、王衛民編：《吳梅戲曲論文集》
　　　　（北京：中國戲劇出版社，1983），頁490。

〔註8〕　〔清〕呂士雄等輯：《南詞定律》，收入《續修四庫全書》第1751～1753冊。
　　　　鄭騫：《北曲新譜》（臺北：藝文印書館，1973）。
　　　　本章句韻符號亦參考二譜所訂，然略有變動：《南詞定律》原以「。」表「句」，
　　　　以「·」表「讀」（見〈凡例〉，冊一，頁44），然本文爲與其他章節統一句韻
　　　　符號，並強調韻句，故重訂如上。《北曲新譜》譜式中，原以「·」表押韻與
　　　　否均可之句。

〔註9〕　《崑曲曲牌及套數範例集》（南套）對「孤牌」的定義爲：「不能根據主腔腔

牛小姐探詢蔡伯喈煩惱之由，彼此問答的「你喫的是煮猩唇和燒豹胎」等四曲。〔註10〕先將《四夢》所用【紅衲襖】列表如下：

表16 《四夢》【南呂・紅衲襖】一覽表

出　　處	首　句　曲　文	備　註	原譜	譯譜
紫釵記・39 裁詩	莫不是掃南蠻把謫仙才御筆拏		頁 1	頁 238
紫釵記・39 裁詩	則道他顯威風拄倒了崑崙北海涯	此曲為前腔	頁 2	頁 238
紫釵記・39 裁詩	莫不是玉門關拘的俊班超青鬢華	此曲為前腔	頁 2	頁 239
紫釵記・39 裁詩	你怕他胭脂山血淚花	此曲為前腔	頁 2	頁 240
牡丹亭・20 鬧殤	再不叫咱把領頭香心字燒	尺調	頁 4	頁 115
牡丹亭・20 鬧殤	再不要你暖朱唇學弄簫	此曲為前腔	頁 5	頁 116
牡丹亭・20 鬧殤	每日遶娘身有百十遭	此曲為前腔	頁 5	頁 117
牡丹亭・20 鬧殤	不是你坐孤辰把子宿囂	此曲為前腔	頁 5	頁 117
牡丹亭・28 幽媾	莫不是莽張騫犯了你星漢槎	尺調	頁 4	頁 176
牡丹亭・28 幽媾	俺不為度仙香空散花	此曲為前腔	頁 4	頁 177
南柯記・35 芳隕	俺幾度護嬌花一寸心		頁 1	頁 170
南柯記・35 芳隕	俺則道他在鳳簫樓不掛心	此曲為前腔	頁 1	頁 170
邯鄲記・25 召還	打你個老頭皮不向我門下參		頁 1	頁 146
邯鄲記・25 召還	我分的大朝家辨詔讒	此曲為前腔	頁 1	頁 146

　　湯顯祖運用【紅衲襖】，大致有幾種情境：〈鬧殤〉、〈芳隕〉為悼亡，皆是父母等慟傷女兒年華早逝；〈幽媾〉、〈裁詩〉皆為問答之曲，〈幽媾〉是柳夢梅猜想杜麗娘身份，〈裁詩〉是霍小玉與鮑四娘猜測李益近來行止；最特別的是〈召還〉，寫盧生參見司戶，反被責打磨難，只得忍氣吞聲，各齣皆為每人一曲輪唱而成。以下討論將以〈鬧殤〉及〈召還〉的第一曲為主。

　　2、曲腔舉隅

　　【紅衲襖】共八句，〔註11〕全曲為散板，據《南詞定律》卷八所定，句

　　　　型規律同一性與其他曲牌聯成本套的曲牌，在本《範例集》中稱為孤牌。」
　　　　見頁 59。【紅衲襖】則見頁 397～405。
〔註10〕　〈盤夫〉見《納書楹曲譜》，正集卷一，頁 127～129。
〔註11〕　吳梅：《南北詞簡譜》(1939 年於重慶印行；臺北：學海出版社影印出版，1997)
　　　　曾討論【紅衲襖】與【青衲襖】之別，確認為同一曲，【紅衲襖】亦有八句者，
　　　　見頁 427～430。

法爲：

　　　六◎六◎　　七◎七◎　　六◎六◎　　六◎〔也〕六◎　　（冊二，頁345

　～346）

句句押韻，但第七句下例接定格「也」字；在文意及音樂上，皆可將兩句視爲
一組，首句高，落音在「La（６）」，次句低，落在低八度音的「La（６）」，唯
第七句「也」字定格之腔率多爲「６１２３」，則落在「Mi（３）」；各句句首
常用「莫不是」等之襯字，以帶出語氣。舉〈鬧殤〉第一曲爲例，爲春香所唱：

譜22 【紅衲襖】－《牡丹亭・鬧殤》

６ ５ ６ ５ ３ ５ ３ ３ ６ i ２ i ６|
再 不 叫 咱 把 領　頭 香 心 字　燒◎

i ５ ６ ５ ３ ３ ５ ６ ５ ６ １ ３ ２ １ ６ ５ ３ ５ ６|
再 不 叫 咱 把 剔 燈　花 紅 淚　　繳◎

６ ５ ６ ５ ３ ５ ５ ６ ５ ３ ３ ５ ３ ５ ６|
再 不 叫 咱 拈 花 側　眼 調 歌 鳥◎

i ５ ６ ５ ５ ３ i ６ ５ ２ ３ ６ １ ６ ３ ２ １ ６ ５ ６ １ ６|
再 不 叫 咱 轉　鏡　移 肩 和 你 點 絳　　桃◎

５ ３ ３ ６ i ６ ６ ５ ３ ２ １ ３ ５ ６|
想 着 你 夜 深 深 放　剪　　刀◎

５ ３ ５ ６ ５ ６ １ ３ ２ １ ６ ５ ３ ５ ６|
曉　清　清 臨 畫　　稿◎

５ ６ ５ ３ ５ ３ ３ ５ ６ ５ ６ １ ２ ３|
依 舊 向 湖 山 石 兒　靠◎〔也〕

６ ５ ３ ５ ６ ３ ５ i ６ ５ ２ ２ ３ １ ６ ３ ５ １ ６ ２ １ ６ １ ６|
怕 等　得 個 拾 翠　人 來 把 畫 粉　　銷◎

【紅衲襖】曲腔的語氣很清晰，如第一句即爲「再不叫咱把、領頭香、
心字燒」，各節讀的腔「６ ５ ６ ５」、「３ ５ ３ ３ ６」、「i ２ i ６」，

皆自成一小段落，除句末三字在收尾前略作變化，延展行腔，其餘各字以單音居多，各曲的情形相仿。

3、曲情表現

〈鬧殤〉是由春香、石道姑、杜母、杜寶，各唱一腔斷腸心事，滿是不捨情懷；然〈召還〉的司戶，每唱一句，打盧生一回，盡是小人得志的驕傲橫氣，在曲腔上葉堂又是如何變化表現？僅舉前四句為例對照：

譜 23　【紅衲襖】首四句－《邯鄲記‧召還》

```
3 3 6 5 3  3 5 6 5  35 6 2 1 6|
打 你 個 老 頭 皮 不 向 我 門　 下　　 參◎

3 3 5 6 5  35 1 1 6 61 3 2 1 6 2 1 6|
打 你 個 硬 骸 兒　不 向 我 庭　下　　　站◎

2 2 1 3  53 2  23 5  35 6  5 6|
打 你　個 蠢　流 民　儘 着　　嘍◎

3 3 5 1 5 5 2 3 21 6  5 35 6|
打 你 個 暗 通 番 該 萬　　　斬◎
```

就曲腔而言，不論是在節讀、句末、落音等的處理原則，皆與其他【紅衲襖】一致，故觀察的重點是在音程旋律的變化，細繹曲譜，明顯可見此曲音區較低、總是在「Mi（3）」上下徘徊，每字之間幾乎都只差一個音，不如〈鬧殤〉在不同節讀之間，還會安排旋律變化，如：第二句在「剔燈花」與「紅淚繳」之間，腔由高轉低，從「Sol（5）」一落至「La（6）」，而從第二句「紅淚繳」到第三句「再不叫」之間，La 音的八度之差（6→6），在旋律舒展之外，頗能表現情緒起伏，亦可見頓挫委婉之致。〈召還〉的全曲，最突出的是有三處高至「Do（1）」，除第一句的「門下」、第四句的「暗通」，另一處為第七句的「皮開肉綻」——「3 5 3 5 1」，此處的司戶，推測是由丑腳扮演，本不以唱工當行，故全曲的旋律雖不如〈鬧殤〉諧暢深情，但分散三處的高音，安排在可高唱的去聲字上，於平直的行腔中偶一揭起，頗能具現司戶小官的囂張氣焰。整體而言，不同曲情的【紅衲襖】，是在維持韻腳的穩定落音之外，變

化每句前中段的曲腔，擴展音域及音區，使旋律流暢婉轉。

（二）【黃鐘・滴溜子】

1、曲牌概說

【滴溜子】以三字句開頭，曲幅簡短，如《琵琶記・辭朝》「天憐念，天憐念，蔡邕拜禱」曲。〔註12〕在聯套中，除於南套中接於【畫眉序】之後；或於合套中接在北【出隊子】後（套式詳下【畫眉序】之曲牌概說）；亦有疊用二隻自成一套，如《牡丹亭・耽試》；或與【黃鐘】【滴滴金】、【啄木兒】、【三段子】等聯為一套，如《牡丹亭・冥誓》。先將《四夢》所用【滴溜子】列表如下：

表17　《四夢》【黃鐘・滴溜子】一覽表

出　處	首　句　曲　文	備　註	原譜	譯譜
紫釵記・21 題名	聖天子，聖天子，萬壽臨軒	南套	頁1	頁125
紫釵記・21 題名	笑從前，笑從前，文章幾篇	南套，此曲為前腔	頁1	頁126
紫釵記・23 榮歸	謾說道，三千丈，風雲路徑	南套	頁3	頁136
牡丹亭・32 冥誓	神天的，神天的，冥香滿熱	南套，凡調	頁4	頁207
牡丹亭・41 耽試	金人的，金人的，風聞入冠〔註13〕	南套	頁2	頁258
牡丹亭・41 耽試	臨軒的，臨軒的，文章看就	南套，此曲為前腔	頁2	頁258
牡丹亭・54 聞喜	當日的，當日的，梅根柳葉	南套	頁3	頁331
牡丹亭・54 聞喜	雖則是，雖則是，希奇事業	南套，此曲為前腔	頁3	頁331
牡丹亭・55 圓駕	揚州路，揚州路，遭兵劫奪	合套	頁3	頁338
牡丹亭・俗增堆花	湖山畔，湖山畔，雲纏雨綿	南套	頁1	頁347
南柯記・20 御餞	南柯郡，南柯郡，弗嫌低亞	南套	頁2	頁91
南柯記・27 閨警	邊報急，邊報急，怎生撒和	南套	頁3	頁125
南柯記・27 閨警	邊報急，邊報急，怎生撒和	南套，此曲為前腔	頁3	頁125
南柯記・31 繫帥	敗軍的，敗軍的，偷生誤國	合套	頁3	頁148
邯鄲記・14 東巡	邊關上，邊關上，番軍來炒〔註14〕	南套	頁3	頁78
邯鄲記・20 死竄	旛竿下，旛竿下，立標為罰	合套	頁3	頁118
邯鄲記・29 生寤	驃騎的，驃騎的，駕前排當	南套	頁2	頁166
邯鄲記・29 生寤	跟師父，跟師父，山悠水長	南套	頁5	頁174

【滴溜子】在《四夢》中，應用於多種情境：〈題名〉的兩曲為李益得知高中狀元，叩謝聖恩，春風得意往曲江池赴宴；〈榮歸〉為李益衣錦榮歸，鄭氏備

〔註12〕 〈辭朝〉見《納書楹曲譜》正集卷一，題〈陳情〉，頁79～86。

〔註13〕 眉批：此【滴溜子】較正格少末二句，為又一體。

〔註14〕 按，此曲湯顯祖原題【鬥雙雞】，葉堂依句法改題【滴溜子】。

酒爲乘龍佳婿慶賀;〈冥誓〉是柳夢梅定娶杜麗娘爲妻的誓詞;〈耽試〉的兩曲,一爲杜寶奏聞邊關事,一爲苗舜賓奏聞閱卷事;〈聞喜〉爲杜麗娘及杜母聞知明日要上殿勘對,各唱一曲,又說起還魂一事;〈圓駕〉爲杜母奏聞在揚州巧遇杜麗娘;〈堆花〉爲花神詠唱柳、杜的夢中情緣;〈閨警〉爲檀蘿國太子圍困瑤臺,一曲爲瑤芳公主長子出城,趕赴南柯求援,一曲爲守城婦女插旗巡防;〈繫帥〉爲淳于棼惱恨周弁誤國,命人綁赴刑場;〈東巡〉爲探子向宇文融報告緊急軍情;〈死竄〉(即〈雲陽〉)爲眾官校指著前面雲陽市,說多少功臣到此也斷頭;〈生寤〉的兩曲不連用,一爲驃騎將軍高力士奉旨至盧宅問候,一爲盧生夢醒後,隨師父尋找證盟先生,笑夢中一生忙碌;〈御餞〉爲國王送淳于棼赴任南柯太守,叮嚀戒酒從公、多行惠政。綜觀《四夢》所用【滴溜子】,雖有情勢危急或歡欣得意等情境,但多以敘事爲重,用精簡的字數,明白交代當下情況。

　　2、曲腔舉隅

　　【滴溜子】共八句,據《南詞定律》卷一所定,全曲上板,句法爲:

　　　　三。三,四◎　三。三,四◎　二,四◎五。四。四,四◎　　(冊一,頁156～159)

全曲可分爲三段:二句、二句、四句,疊用前腔時句法相同,無換頭。通常第一、三句後爲疊文,如〈冥誓〉首二句:「神天的。神天的,冥香滿爇◎」偶有作實字者,如〈榮歸〉首二句:「謾說道。三千丈,風雲路徑◎」《南詞定律》所收第三曲即非疊文者,註曰:「此曲句同、板式亦同,與《長生殿》之『朔方將』之曲,皆不重首句,即將重句用實字,惟字眼稍有不同耳。」故重句與否,在句法、點板上並無二致。又第六或七句,亦多見押韻者,如〈閨警〉。以下即舉〈閨警〉第一曲爲例,爲瑤芳公主長子所唱:

譜24　【滴溜子】－《南柯記·閨警》

　　【滴溜子】的特色爲短句多，不但第一、二段皆有三字句，第三段亦有短腔句，如第六句雖爲五字句，只佔兩板；此曲通常唱一板一眼（2/4），感覺輕快，但並不急促，因每段總殿以較長的腔句。取各曲相較，結音不甚規則，大抵第一段落在「La（6̣）」或「Do（1）」，第二段多落在「Mi（3）」，其次爲「Sol（5）」或「La（6）」，第三段亦落在「La（6̣）」或「Do（1）」。全曲最鮮明處爲前二段的三字句，雖然各曲之腔不盡相同，但安排原則相仿：第一段的首句音區較高，重句通常以低五度音呈現，且兩句節奏有異，將首字由一拍改爲半拍，第三字則由半拍延至一拍，〈閨警〉的兩句「邊報急」即爲「5　6̣5」、「1　2̣　1」；第二段的兩個三字句，多較第一段爲低，兩句「流星去」之腔即爲「6̣　1̣1」、「6̣1　2」，旋律相近，但節奏亦有變化。

　　3、曲情表現

　　〈閨警〉【滴溜子】乃大軍壓境，急如星火，故曲腔俐落緊湊，多爲一字一音；然〈冥誓〉卻是柳夢梅眞誠懇切，衷情杜麗娘，請人神共鑒，葉堂如何爲這段誓詞譜曲？譜例如下：

譜25　【滴溜子】－《牡丹亭·冥誓》

　　深夜裡，柳夢梅的誓言沈穩而堅定：開頭的三字句，一般多是從「Sol（5）」起，但此處由「Do（1）」起，故疊文處直接重複，且全曲之腔，除「南安郡舍」一句刻意拔高，其他多以「La（6̣）」、「Do（1）」及其上下之音爲主，由於多與落音相同，故全曲旋律感覺厚實而不張揚，小腔較〈閨警〉略多，但並不花俏，即如關鍵的「作夫妻生同室。死同穴」一句，腔甚低，且不再

是一字一音之腔，其高下幅度，也不過與前後音相差三度左右，再回頭看「南安郡舍」，雖然這一句的文意，似無特別強調之必要，然而，在低聲傾訴的誓言中，藉第四句較高之結音，穿插較高之腔句，確實善於搭配安排。綜觀全曲，雖然音域頗廣，然主要音區不高，小腔亦不繁複，乃塑造柳夢梅老實志誠的形象；與〈閨警〉全曲以稍高的音區，頻繁運用單音，強化倉皇之態相比，兩曲各具表現力。

　　而《四夢》中唯一無疊文的【滴溜子】，乃〈榮歸〉中鄭氏勸慰即將遠行的李益，且圖眼下歡愉，因爲文意、情緒並不適合上述較輕快的曲腔，故從葉堂訂譜之腔推斷，應是以一板三眼（4/4）演唱，周雪華的譯譜即是如此，以下舉首二句之腔略見之，爲便於與上曲比較，仍依原譜譯爲一板一眼：

譜26　【滴溜子】首二句－《紫釵記・榮歸》

$$\underline{15}\,\underline{123}\ \Big|\ 2\ \underline{\underline{1232}}\ \Big|\ 1\ \underline{21}\underline{61}\ \Big|\ \underline{123}\quad 5\ \Big|\ 2\ \underline{321}\ \Big\|$$

謾　說道　　三　千丈　風　雲　　路　　　徑

　　由於一整段的文意是連貫的，故開頭的三字句，並不適用原本句讀清楚、高低分明、以單音見長的短句之腔，葉堂此處乃重複用「1　2　3」這一旋律，讓曲腔不斷往下延伸，使腔句亦具有一氣呵成之感。雖然曲牌之腔有大致的輪廓，然而，此曲之首句卻因爲曲文引導，使葉堂創作出迥異於其他【滴溜子】之腔，舒緩的曲調亦足見關懷之情。

二、變化節奏之例

（一）【黃鐘・畫眉序】

1、曲牌概說

　　【畫眉序】可見於南套及南北合套：在南套中，偶有單用一隻者，通常在【引】之後，疊用四隻，後接【滴溜子】、【鮑老催】、【滴滴金】、【鮑老催】、【雙聲子】、【尾】聯爲一套，用於歡樂場合，〔註15〕如《琵琶記・花燭》之「攀桂步蟾宮」等四曲；〔註16〕在南北合套中，則繼【醉花陰】之後，爲南

〔註15〕見許之衡：《曲律易知》（1922年許氏飲流齋刻本，臺北：郁氏印獎會，1979），頁98～100。

〔註16〕〈花燭〉【畫眉序】「攀桂步蟾宮」之曲譜可見《南詞定律》，卷一，冊一，頁

曲的首曲，後接北【喜遷鶯】、南【畫眉序】、北【出隊子】、南【滴溜子】、北【刮地風】、南【滴滴金】、北【四門子】、南【鮑老催】、北【水仙子】、南【雙聲子】、北【尾煞】為一套，屬於普通劇情，亦可作歡樂用，〔註17〕如《牡丹亭·圓駕》「臣女沒年多」、《長生殿·絮閣》「只為政勤勞」等。先將《四夢》所用【畫眉序】列表如下：

表18　《四夢》【黃鐘·畫眉序】一覽表

出　　處	首句曲文	備　　註	原譜	譯譜
紫釵記·16 園盟	花裏喚神仙	南套，贈板曲	頁1	頁102
紫釵記·23 榮歸	花暖洛陽城	南套，贈板曲	頁2	頁133
紫釵記·23 榮歸	曾中雀金屏	南套，此曲為前腔，贈板曲	頁2	頁134
紫釵記·23 榮歸	曾傍玉梅清	南套，此曲為前腔	頁2	頁135
紫釵記·23 榮歸	春滿玉蓬瀛	南套，此曲為前腔	頁3	頁135
牡丹亭·55 圓駕	臣女沒年多	合套	頁1	頁335
牡丹亭·55 圓駕	南海泛絲蘿	合套	頁2	頁336
牡丹亭·俗增堆花	好景豔陽天	南套，贈板曲	頁1	頁346
南柯記·20 御餞	晴拂御溝花	南套，贈板曲	頁1	頁88
南柯記·20 御餞	雲樹玉交花	南套，此曲為前腔，贈板曲	頁1	頁89
南柯記·20 御餞	平地折宮花	南套，此曲為前腔	頁2	頁90
南柯記·20 御餞	生小正嬌花	南套，此曲為前腔	頁2	頁91
南柯記·31 繫帥	花柳散金杯	合套	頁1	頁146
南柯記·31 繫帥	當日擺兵齊	合套	頁2	頁147
邯鄲記·20 死竄	聖旨著擒拿	合套。臺本稱〈雲陽〉	頁1	頁115
邯鄲記·20 死竄	宿世舊冤家	合套。臺本稱〈雲陽〉	頁2	頁116

就《四夢》的劇情而言，確可見【畫眉序】在南套與合套中的情境有別：南套中，〈園盟〉鋪敘李益與霍小玉迤邐行至百花園，一片春色醉人；〈榮歸〉為李益高中狀元，歸家時簫鼓迎宴，鄭氏、霍小玉、李益、浣紗及秋鴻各唱

154。

〔註17〕見許之衡：《曲律易知》，頁102～103。

一曲賀喜；〈堆花〉爲花神憐香惜玉，成就柳夢梅、杜麗娘夢中歡會；〈御餞〉是國王國母餞別將赴南柯郡上任的駙馬及公主，每人各唱一曲，遠別難免感傷不捨，但新官上任「威儀瀟灑」，亦足稱慶。合套【畫眉序】的情境則各具情節張力：〈圓駕〉是杜寶與柳夢梅在聖駕面前，爭辯杜麗娘是人是鬼；〈繫帥〉則演淳于棼見周卞出征檀蘿，狼狽而回，驚詫著惱；〈死竄〉的一曲爲眾官校奉旨擒拿盧生，一曲爲盧妻向皇上申冤，盧生存亡難料。以下選〈園盟〉及〈御餞〉爲主要討論對象。

2、曲腔舉隅

【畫眉序】共七句，據《南詞定律》卷一所定，句法爲：

五◎七◎　　五，四◎　　七◎七◎　　七◎六◎　　（冊一，頁 155～156）

全曲可平分爲四段，最後一段爲「合前」；前腔有「換頭」，句法不變，但從散板起改爲上板起；《四夢》中多有第四句不押韻者。節拍運用多樣，以《四夢全譜》的運用情形來看，單用一隻或疊用時的前二隻，爲加贈板一板三眼（8/4），如〈園盟〉；疊用時的後兩隻則應爲一板三眼（4/4），如〈御餞〉之第三、四曲；〔註 18〕合套中所用則爲一板一眼（2/4），如〈繫帥〉；此處討論【畫眉序】的音樂即以上述三齣爲主，先舉〈園盟〉爲例，前二句爲李益唱，餘爲霍小玉唱：〔註 19〕

〔註 18〕 由於《四夢全譜》未點小眼，故於【畫眉序】一板一眼、一板三眼之別，乃是據腔之多寡，及參照王季烈、劉富樑：《集成曲譜》（上海：商務印書館，1925；臺北：進學書局影印出版，1969）各齣之點板而成：聲集卷四《牡丹亭・驚夢》（頁 536～537）、聲集卷五《牡丹亭・圓駕》（頁 703、705～706）、玉集卷三《邯鄲夢・雲陽》（頁 424～425、427～428）、振集卷二《連環記・小宴》（頁 234～238）；周雪華譯譜的板眼亦是如此。

〔註 19〕 爲統一板位，方便與其他譜例參照，此處譯譜不將小眼補入，乃依原譜面直譯爲一板三眼曲，贈板處爲譜上第三拍。兩處曲文因形近而誤植處，據《六十種曲》本更正：將葉譜「畫簾」改爲「畫詹」；將葉譜「鶯梢」改爲「鶯捎」。

按，簡譜中的三十二分音符乃以小字與十六分音符區隔，如「5 32」，「5」爲十六分音符，「32」各爲三十二分音符。故譯譜時於「曲」、「桃」、「翠」各略去一個不是主要行腔之音符。

譜 27　【畫眉序】－《紫釵記‧園盟》

花裏喚神仙　幾曲　園　林　芳　徑

轉　正春光　滿眼，桃　李　能

言鋪翠陌平莎　茸　嫩。　拂畫簷

垂楊　金　偃春　成片

無　人見　平付與鶯捎燕　剪

　首句散起，腔甚簡明，大多以「Do（１）」、「La（６）」兩音，再配合字聲高低組成，如〈堆花〉「好景豔陽天」亦是：「６　１６　１　６１　６」。就落音而言，第一、二句在「La（６）」，第三句則高至「５」，第四、五、六句較不一致，多是「La（６）」或「Re（２）」，間有用「Do（１）」者，末句又是落「Do（１）」。由於第三句落音不同，故曲腔音區變化較大處往往多在三、四句。雖然【畫眉序】爲贈板曲，曲文常用七字長句，旋律又多以級進作腔，曲調並未特別予人歡欣愉悅之感，但因長音符甚少，頻繁流動的音符已使此曲較一般贈板曲活潑。

　3、曲情表現

　【畫眉序】在同一種板式之下，旋律變化，甚至一字之中腔的多寡，皆頗爲相近；但表現不同曲情時，板眼則另有安排，以下各舉一例，可見葉堂處理曲腔的具體作法，先以〈御餞〉第三曲之首五句爲例，爲淳于棼所唱：

譜 28 【畫眉序】首五句－《南柯記・御餞》

〈御餞〉首句上板，腔又豐富，使淳于棼在接唱此曲時，頗有先聲奪人、風流太守之氣勢，然以下除第三句因結音較高，使前後之腔略有起伏，其餘則頗爲一致，多是「２１」、「６１」、「１２」、「１６」等腔的組合，唱來易於連貫，亦見颯爽。而〈園盟〉則明顯可見葉堂於足夠的板眼空間之中，善於作腔，表現新婚璧人沈湎於爛漫春景的甜蜜，首句散板的一字一音之後，第二句即以諸多小腔綿密譜就細曲，並增潤旋律，如將「芳徑」譜爲「１２　３　５　３２　１６」，即較〈御餞〉「歡才」兩字之腔「２１６１　１２１６」更具起伏；第三句爲霍小玉接唱，「正」字乃另起高八度之音，讓全句之腔由高音漸落，至「桃李能言」及「鋪翠陌」句，再逐漸攀升至以環繞「３５」、「６５」爲主之腔，雖然旋律走向與〈御餞〉相仿，但曲腔在連貫之餘亦略見起伏，又將音域延伸至「Do（１）」，對比「祝太山」及「鋪翠陌」兩處之腔，即可見〈園盟〉之多采多姿。再舉〈繫帥〉第一曲首五句，一板一眼之腔爲例，亦爲淳于棼所唱：

譜 29 【畫眉序】首五句－《南柯記・繫帥》

此曲旋律雖然簡單，但葉堂之安排可見匠心：「卸甲投盔」之腔幾乎都是一字一音，有的還長達一拍，且較「怎全身赤體」幾乎高約五度，與其他腔句殊異，凸顯淳于棼見到主帥敗陣而回，一時之間難以置信，但以下的腔句則以較短的音符，表現淳于棼著急訝異之神情；此外，【畫眉序】四、五句的結音有「La（6）」或「Re（2）」兩種，前二曲皆為「La（6）」，葉堂選用「Re（2）」，提高後半曲的音區，可切合意外軍情的緊張氛圍，【畫眉序】位於北曲【喜遷鶯】與【醉花陰】之間，曲幅雖短，承接之際，仍小有表現。在比較諸【畫眉序】曲譜的過程中，委實覺得各曲旋律雖有繁簡，但實頗為雷同，板式又大抵區隔不同的情緒表現，在音樂框架下，譜曲者能發揮的空間頗為有限，但幾處節奏處理、擴大音區、增加音符以豐富曲腔的作法，仍可見葉堂勉力從之。

三、著意作腔變化

（一）【大石‧催拍】

1、曲牌概說

【催拍】亦作【攛拍】，一名【急板令】，曲如其名，《南北詞簡譜》說明：「此為快板曲，不限生旦淨丑皆可用。」（頁 504）由於【催拍】通常疊用成套，偶見後接【正宮‧一撮棹】者，[註20]《崑曲曲牌及套數範例集》將其歸類為「孤牌」，[註21] 格律譜通常舉《拜月亭》「受君恩身居從班」一曲為例。[註22] 先將《四夢》所用【催拍】列表如下：

表 19 《四夢》【大石‧催拍】一覽表

出　　處	首　句　曲　文	備　　註	原譜	譯譜
紫釵記‧53 宣恩	是當年天街上元		頁 1	頁 364
紫釵記‧53 宣恩	梳粧罷春遊翠園	此曲為前腔	頁 1	頁 364
紫釵記‧53 宣恩	只道你幽歡別憐	此曲為前腔	頁 2	頁 365
紫釵記‧53 宣恩	真乃是前生分緣	此曲為前腔	頁 2	頁 365

〔註20〕 「【催拍】帶【一撮棹】，為分別時宜用之曲，《琵琶記‧別丈》折用後，沿用者甚多。」見許之衡：《曲律易知》，頁 122～123。

〔註21〕 【催拍】見《崑曲曲牌及套數範例集》（南套），頁 517～523。

〔註22〕 【催拍】見《九宮正始》，頁 243。《南詞定律》，卷五，冊一，頁 653～654。《九宮大成譜》，卷十八，頁 1864。按，本文所據《九宮正始》，見王秋桂主編：《善本戲曲叢刊》（臺北：臺灣學生書局，1984），第三輯。

紫釵記·53 宣恩	閒說起有個英雄恨然	此曲爲前腔	頁 2	頁 366
牡丹亭·36 婚走	別南安孤帆夜開		頁 3	頁 235
牡丹亭·36 婚走	似倩女返魂到來	此曲爲前腔	頁 4	頁 236
南柯記·2 俠概	道西歸迎鶯隴頭		頁 2	頁 5
南柯記·2 俠概	歎知交一時散休	此曲爲前腔	頁 2	頁 5
邯鄲記·29 生寤	儘餘生丹心注香		頁 3	頁 168
邯鄲記·29 生寤	老天天把相公命亡	此曲爲前腔	頁 3	頁 169

　　湯顯祖選用【催拍】的情境，頗爲多樣：〈宣恩〉爲奉旨封賞後，李益、霍小玉、鄭氏、鮑四娘、崔允明各唱一曲，將紫玉釵故事細說從頭；〈婚走〉是杜麗娘還魂數日後，連夜與柳夢梅、石道姑乘船趕赴臨安，思前想後，感慨傷悲；〈俠概〉則是淳于棼送別周、田二摯友，相見難期，彼此情愁悠悠；〈生寤〉一曲爲盧生臨終前勉力寫表，一曲爲眾人哭悼盧生；大抵以場上各人輪唱一曲的方式來完成此套，唯〈婚走〉由兩人分唱。

　　2、曲腔舉隅

　　【催拍】共八句，全曲上板，《南詞定律》卷五所定句法爲：

　　　七◎七◎　四◎四◎四。四◎四。四◎　七◎六◎　（冊一，頁653）

第四句疊第三句，末二句爲「合前」，全曲可分爲三段：二句、四句、二句，中間段落皆爲四字句。先舉〈婚走〉第二曲爲例，前二句爲柳夢梅唱，餘爲杜麗娘唱：

譜30 【催拍】－《牡丹亭·婚走》

```
6i | 6 5321 | 533  5 | 6i56  653 | 323 | 356   5 | 3532 |
似  倩 女  返魂   到來   採 芙蓉 回生     並載

2 | 166121 | 6i2 | 2i6i21 | 6i2i6 | i6 | iii656 |
想 獨自   誰  挨   想 獨自 誰  挨 翠黯香  囊，

3 6i56 | 5.  6i | i2i | 6i6 | 5  652 | 3653 | 3365 |
泥 漬金   釵  怕天 上  人  間 心事難 諧問今夕 何夕

6 1612 | 232 | 335 | 352   32 | 10 ‖
此 來   魂 脈脈 意哈     哈
```

全曲節拍簡明俐落，除幾處底板外，大抵爲兩字一板；落音則變化頗多，除首句固定落在「La（６）」、倒數第二句落在「Re（２）」、末句則落「Do（１）」，其餘則散見「Mi（３）」、「Sol（５）」等音，且各曲之安排不甚相同。【催拍】以中段的四字句法最具特色，在一組穩重的七字句後，連用六個四字句，此曲之所以爲快板曲，除因唱一板一眼之外，以短句來宣洩略帶急促的語氣，也相得益彰，至「合前」，雖亦爲長句，但板數較首二句少，正好不緊不慢承接收尾。

３、曲情表現

本段將重點放在【催拍】中段四字句的曲腔處理方式，各曲實皆在此處作腔，頗見旋律安排，舉盧生所唱〈生寤〉第一曲與上曲對照：

譜 31　【催拍】中段－《邯鄲記・生寤》

```
065 35│6i6 65 │ 35│6i5 2̇│3̇2│i6│5 3 5 │2│3. i6│
待親 題 奏 章親 題 奏 章俺 戰戰 兢兢  寫 不 成 行   你整
      ◎                 ◎         ，            ◎

6i│6 i656│635 65│300 ‖
整齊 齊 記了休  忘
   ，       ◎
```

先看疊句處，作法多樣：〈婚走〉的「想獨自誰挨」，第二句以高八度的行腔表現，彷彿杜麗娘追憶魂遊天地時的寂寞蒼茫；〈生寤〉的「親題奏章」則僅是疊唱，僅變化「章」字的落音；又如〈宣恩〉的「兩下留連」，則是將「題奏章」的旋律「３５６ｉ」，部分重複之後擴展至兩句中：

```
3 3565│356 56│6i̇ 62̇i│6i6 56│
兩  下 留  連◎ 兩 下 留  連◎
```

行腔的迴還往複，倒也具有纏綿之姿。順著疊句再往下看，可見葉堂經營曲腔之用心：〈婚走〉從疊句的「想獨自誰挨」之後，杜麗娘聲聲高唱，多在「La（６）」、「Do（１）」之際波動，然而當回生的欣喜，落實到人間情愛是否恆常，「心事難諧」起，行腔漸低，這一番叩問，似有驚恐，也有期待；〈生寤〉的疊句看似缺乏變化，實則先抑後揚，在「俺戰戰兢兢」句，直是讓盧生搏盡生命最後的氣力，以迴異於其他腔句旋律的「２̇３̇２̇１̇６」之高音，一字一音，吐出一世富貴榮華到頭的誠惶誠恐，且在「寫不成行」將腔

句收尾後，略低幾度，又以相似的腔句唱「你整整齊齊記了休忘」一句，作足了盧生邯鄲夢境中的最後一曲；葉堂通常讓疊用的【催拍】在不同腔句處各有變化，既可配合曲文，曲腔也不顯單調，然而〈宣恩〉的五隻【催拍】，除因字聲不同而調整小腔，五曲的旋律實頗爲近似，對《紫釵記》最後一齣的主曲【催拍】，葉堂似乎只想以生、旦、老旦等不同聲口的變化，重述詠唱紫玉釵故事，做個俐落的收尾，其實前一齣〈釵圓〉，李益與霍小玉已在黃衫客的安排下重逢，早訴盡一腔無奈，兩地相思，〈宣恩〉旨在藉皇家恩典，劃下人間美滿情緣的句點，然高潮已過，故湯顯祖在曲文上不做鋪陳，葉堂於曲腔上也未見費心。綜觀【催拍】的變化，是在穩定的首尾段落之外，在中段以變化腔句高低，甚至新創旋律的方式來作腔，使每曲皆有新意及獨特處。

（二）【仙呂・皂羅袍】

1、曲牌概說

【皂羅袍】最爲人熟知的曲文，莫過於《牡丹亭・驚夢》的「原來妊紫嫣紅開遍」一曲，該套之過曲有：【步步嬌】、【醉扶歸】、【皂羅袍】、【好姐姐】；然【皂羅袍】除於上述聯套外，亦可疊用二或四隻，作爲普通短劇或過場之用，〔註23〕《四夢》中多是如此，先將各曲列表如下：

表20　《四夢》【仙呂・皂羅袍】一覽表

出　　　處	首　句　曲　文	備　　　註	原譜	譯譜
紫釵記・16 園盟	尊酒把玉人低勸		頁 2	頁 104
牡丹亭・10 驚夢	原來妊紫嫣紅開遍	臺本稱〈遊園〉	頁 1	頁 41
牡丹亭・49 淮泊	可笑一場閒話		頁 1	頁 300
牡丹亭・49 淮泊	禁爲閒遊姦詐	此曲爲前腔	頁 2	頁 301
南柯記・41 遣生	堪歎吾家貴坦		頁 1	頁 198
南柯記・41 遣生	忽憶鄉園在眼	此曲爲前腔	頁 1	頁 199
邯鄲記・5 招賢	提起書生無數		頁 1	頁 33
邯鄲記・5 招賢	不道狀元難事	此曲爲前腔	頁 1	頁 33

以上【皂羅袍】，〈園盟〉寫李益與霍小玉同遊花園，此曲爲李益勸酒時所唱，並詠小玉醉態；〈驚夢〉寫杜麗娘遊賞花園，見生機蓬勃與景物寥落的對比，觸動少女情思，爲全齣最警策之曲；〈淮泊〉是柳夢梅投宿淮揚客店，一曲爲柳誇讚自己妙筆生花，一曲爲店主人指引柳同看杜安撫告示；〈遣

生〉爲瑤芳公主亡故後，南柯國王與國母召見駙馬，把盞之際，說起歸家之事，觸動淳于棼思鄉情腸，二曲皆彼此接唱，以上三齣皆屬過場；〈招賢〉爲黃榜取士，裴光庭私藏詔旨，蕭嵩發現後，兩人各唱一曲，自負才氣不凡之外，裴光庭道出藏私之故，蕭嵩則大方謙讓；〈驚夢〉之【皂羅袍】，固爲耐唱耐做之名曲，但在《四夢》中，不論文采及音樂，皆獨具一格，以下討論將以〈招賢〉第一曲爲對照。

2、曲腔舉隅

【皂羅袍】共九句，據《南詞定律》卷四所定，句法爲：

　　六◎五，四◎　七◎七◎　四。四◎四。四◎七◎　（冊一，頁489
　　～490）

此曲不用贈板，據〈驚夢〉傳唱情形及各曲腔推論，多爲一板三眼曲。〔註24〕結音多用「La（6）」，但有三句較爲特別：第二句可高至「Sol（5）」，如〈招賢〉的「餘」字；第三句可用「Mi（3）」，如〈招賢〉的「珠」字；第七句可至低八度音的「Mi（3）」，如〈驚夢〉的「片」字。全曲最鮮明處，在連用四個四字短句，不但句法相同，節奏亦同，皆爲「｜一 二 三｜四」，且多無襯字，雖然曲腔不同，仍頗爲整齊。舉〈招賢〉第一曲爲例：

譜32　【皂羅袍】－《邯鄲記・招賢》

〔註24〕按，《過雲閣曲譜》之〈遊園〉【皂羅袍】即爲一板三眼曲，然與《南詞定律》
　　　　及葉譜相較，即知誤將中眼處點上贈板，見頁988～989。按，〔清〕王錫純輯、
　　　　李秀雲拍正：《過雲閣曲譜》，清同治九年（1870）刊行；本文所據爲鉛印本
　　　　（臺北：文光圖書有限公司，1965）。

　　《四夢》之【皁羅袍】，大抵首句即上板，曲腔不算繁複，腔句之間可見起伏，就〈招賢〉首曲而言：第二句行腔爲由低轉高的過渡，「壓」字從其前的「Do（1）」音跳進至「Sol（5）」音，故「壓倒其餘」之腔無在低音區者，「餘」字的結音，且爲全曲中爲最高者，至「Sol（5）」音；以下「那蒼生一郡」等兩句，大致在中音區，但「人如玉」則至低音區，正好衝接以下連用四字句處，爲全曲音區最低者，結音有低至「Mi（3）」；至末句方以跳進的方式承接及收尾，以腔句的首字、倒數第三字爲承接之點，此曲即在「因」字、「蕭」字。

　　3、曲情表現

　　〈招賢〉第一曲雖爲書生裴光庭所唱，但並非溫文儒雅一類，此處的情緒是傲視諸生之際，又設法絆住認定的唯一對手，簡潔的行腔頗適合宣敘，如第三、四句，在曲調及字調的基礎上，略有發揮，最鮮明的對比爲「蒼生一郡」與「春風八面」，幾乎都是一字一音，且連用同音之腔，唯相差五度，前者彷彿裴生睥睨天下，居之峰頂，後者則似對蕭嵩之才甘拜下風，對比鮮明，在以異音組合的曲腔中，片段的同音相連，即使音符時值不長，亦具反差效果。再舉〈驚夢〉爲對照，說明其作腔及細膩之處：

譜33 【皁羅袍】－《牡丹亭‧驚夢》

由於杜麗娘進花園之後，先有一段「進得園來」的唸白，再唱【皁羅袍】，故實際演唱中，開頭的「原來」兩字，處理爲散板，較「姹」字出口低八度的

起音「Sol（5）」，腔雖甚簡，但頗能使杜麗娘一吐感嘆情懷。觀察此曲的第一印象，為腔甚細密，如首句「紅」字，在主要行腔「１２」之外，潤飾為「１２３２」，則更為婉轉有致，相較於〈招賢〉運用不少一字一音之腔，頗見幾分書生驕氣，〈驚夢〉則著意作腔，以聲情烘托杜麗娘之輾轉思緒，如「良辰美景」尚屬平淡，但「奈何天」陡然揭高又漸落，恰似無可奈何的酸楚，繼以「賞心樂事」，「事」之腔雖甚俏麗，但其後的「誰家院」的低沈穩定，彷彿將前面的美事一筆勾消。其次，此曲音域更廣，可至高八度之「Do（１）」，雖未必在主要行腔上，但仍使全曲更具抑揚變化，而音程跳進的幅度亦大，如第八句「煙」、第九句「錦」，皆與前一句的尾音相差七度。此曲之腔句起伏，乃在曲調基礎上，極力鋪展旋律，以貼合杜麗娘心境，這一耐聽之曲，雖未必屬葉堂獨創，〔註25〕但其卻變化運用至〈園盟〉一齣，表現李益對新婚妻子的憐惜疼愛，除因四聲不同調整旋律外，其餘各句與〈驚夢〉同中有異，舉頗見差別的第三句為例：

３５｜５６　５｜２１６　１２３｜２３
斜簪　抛　出　金縷　　　　懸◎

　　此句雖尚稱聲情婉轉，前半句與後半句之間亦見高低銜接，但幅度較小，腔句構思也遠不如〈驚夢〉的警句「良辰美景奈何天」耐人尋味，由此對比，則可補充說明葉堂訂譜時，不但曲情有別者各有其腔，即使襲用某曲旋律，於情文不同處亦見留心處理。

　　（三）北【仙呂・寄生草】

1、曲牌概說

　　【寄生草】為北【仙呂】套曲牌，通常居於套末，如：【點絳唇】、【混江龍】、【油葫蘆】、【天下樂】、【那吒令】、【鵲踏枝】、【寄生草】、【賺煞】。〔註26〕而傳奇對北曲的運用，發展出疊用北曲曲牌，如南曲疊用【前腔】之作法，最常見者即為【寄生草】，〔註27〕傳唱最廣的為《紫釵記・折柳》。先將《四

〔註25〕 在略早刊行的《吟香堂牡丹亭曲譜》，〈驚夢〉【皂羅袍】的旋律已與此曲相差無多。故此曲的唱腔，或是諸譜據俗唱所訂，或是葉派唱法早已風行。

〔註26〕 此為【仙呂宮】聯套的基本形式，出自鄭廷玉《冤家債主》等，見鄭騫：《北曲套式彙錄詳解》（臺北：藝文印書館，1973），頁 39。

〔註27〕 疊用【寄生草】之劇作，詳見許子漢：《明傳奇排場三要素發展歷程之研究》（臺北：國立臺灣大學出版委員會，1999 年），頁 209。

夢》所用北【寄生草】列表如下：

表21 《四夢》北【仙呂・寄生草】一覽表

出　處	首　句　曲　文	備　註	原譜	譯譜
紫釵記・25 折柳	怕奏陽關曲，生寒渭水都		頁 1	頁 147
紫釵記・25 折柳	倒鳳心無阻，交鴛畫不如	此曲爲么篇	頁 1	頁 147
紫釵記・25 折柳	慢點懸清目，殘痕界玉姿	此曲爲么篇	頁 2	頁 148
紫釵記・25 折柳	不語花含悴，長顰翠怯舒	此曲爲么篇	頁 2	頁 149
紫釵記・25 折柳	路轉橫波處，塵飄淚點初	此曲爲么篇	頁 2	頁 149
紫釵記・25 折柳	和悶將閒度，留春伴影居	此曲爲么篇	頁 2	頁 150
牡丹亭・23 冥判	花把那青春賣，花生錦繡災		頁 7	頁 136
牡丹亭・23 冥判	他陽祿還長在，陰司數未該	此曲爲么篇	頁 7	頁 137
南柯記・43 轉情	則爲情邊見，生身兒住一邊		頁 3	頁 214
南柯記・43 轉情	一道光如電，知他是哪界的天	此曲爲么篇	頁 3	頁 214

〈折柳〉爲李益將赴隴西參軍，小玉於灞橋折柳送別，六隻【寄生草】爲小玉與李益輪唱，極盡陽關送別之離愁別恨；〈冥判〉爲判官所唱，一曲對花神唱女色玩花而亡者，一曲乃同意杜麗娘上望鄉臺看望父母；〈轉情〉爲契玄禪師所唱，一曲向淳于棼解釋與螻蟻的因果，一曲詠唱金光射下，天門開啓。【寄生草】爲北曲常用曲牌，雖然《四夢》中僅三齣選用，但〈折柳〉之音樂頗具特色，故仍納入討論。

　　2、曲腔舉隅

　　【寄生草】共七句，據《北曲新譜》所定，句法及段落爲：

　　　　三・三◎　七◎七◎七◎　七・七◎

　　首兩句照本格作三字句者較少，多變爲六乙或五字。

　　共分三段：首兩句一聯，第三、四、五句鼎足對，第六、七句一聯，以整齊勻稱爲主。（頁84～85）

以下參照《遏雲閣曲譜》，〔註28〕說明【寄生草】板式及結音：翻檢點入小眼的重鐫《西廂記全譜》，〔註29〕即知用於套末的【寄生草】，確爲一板一眼（2/4）之曲，然《四夢》之曲，偶有用一板三眼（4/4）者，一爲〈折柳〉，「怕奏陽

〔註28〕〈折柳〉見《遏雲閣曲譜》，頁 1090～1094；〈冥判〉見《遏雲閣曲譜》，頁 1046～1047。

〔註29〕見《納書楹西廂記全譜》：〈驚豔〉（頁 20）、〈寺警〉（頁 54）、〈前候〉（頁 107）、〈酬簡〉（頁 142、147）。

關曲」等之腔甚繁，鋪寫情思，自宜緩慢出之，《遏雲閣曲譜》選唱其中前三曲及末曲，前三曲唱一板三眼，末曲方轉爲一板一眼，一爲〈冥判〉之第二曲，至末句方轉爲一板一眼。結音的部分，由於笛色不同，〔註30〕故分別描述，〈冥判〉爲正工調（G調），主要結音爲「Do（1）」，其次爲「Sol（5̣）」；〈折柳〉、〈轉情〉爲小工調（D調），主要結音爲「Sol（5）」及低八度的「Sol（5̣）」，其次爲「Re（2）」。筆者討論【寄生草】的興趣，始於對〈折柳〉的好奇，首先，此齣的曲調，與北曲向來予人字多腔少、俐落豪邁的風格大爲不同，俞振飛稱其「旋律纏綿悱惻」；〔註31〕其次，北曲爲七聲音階，往往可見「5 4　3」、「4 5　6」、「1̇ 7　6」、「7 6　1」等不見於南曲五聲音階曲調的旋律片段，然而，像〈折柳〉【寄生草】這樣頻繁運用二變「Fa（4）」、「Si（7、7̣）」兩音者，並不多見，〔註32〕故以下選〈轉情〉與〈折柳〉對照分析，先舉〈轉情〉之第一曲如下：

譜 34　北【寄生草】－《南柯記·轉情》

1 23	5654	3532	323	5. 6	56 2̇7	65	5654
則　爲	情邊	見生身兒	住一	邊	你　靈蟲	到住	了　蟲宮

3522	72	53	27̇	267̇	6̇55	32	7̣3	23	5654
院　那	駃蟲	到做	了	人宅	眷甚	微蟲	引到	的　神	州

3532	123	2	327̇	235	65	5 5654	65	43
縣但是他	小蟲	蟲	湊著	好姻	緣	難道老	天天	

25̣	67̣	267̣	65̣
不與	人	行方	便

〔註30〕葉譜於【寄生草】記錄笛色者僅有《西廂記·酬簡》，於【後庭花】眉批註記：「尺出六」，意爲此後笛色由尺字調轉爲六字調，故此齣的兩曲【寄生草】，一爲尺調，一爲六調，結音明顯不同，見頁 142、147。
〔註31〕見俞振飛：《振飛曲譜》（上海：上海音樂出版社，1982），頁 176。
〔註32〕翻檢葉譜收錄的 38 隻【寄生草】，亦僅《長生殿·覓魂》如此，見《納書楹曲譜》續集卷一，頁 755～756。

此曲節奏鮮明，首句上板，鼎足對各句的點板相同，皆為：

| 一二 | 三四 | 五六 | 七◎

旋律則未盡一致，其中第三、五句之行腔接近，結音一為「Re（2）」、一為「Mi（3）」，第四句結音較低，「眷」為「Sol（5̣）」；若從結音安排來看，實可將全曲分為兩部份，首四句為第一部份，結音在「Sol（5̣）」，後三句為第二部份，首字「甚」字之腔，較前一句末高八度，彷彿標示新段落的開始，但最後落音仍在「Sol（5̣）」，鼎足對的三句被拆為兩段（第三、四句屬前段，第五句屬後段），此一按腔句安排分段之結果，與從文意段落著眼者參差。再將此曲運用「Fa（4）」、「Si（7、7̣）」兩音的旋律片段，依出現先後整理如下，以便與〈折柳〉對照：

Fa（4）：5 4 3、5 4 6

Si（7、7̣）：2̇ 7 6 5 、 2 7̣ 2 、 6 7 6 、

7̣ 3 2 3 、 3 2 7̣ 2 3 、 2 5̣ 6 7

此曲已有多處運用「Fa（4）」、「Si（7、7̣）」，且旋律各有不同，已較一般北曲常見之「5 4 3」、「1 7 6」等多樣，然以下〈折柳〉更見豐富變化。

3、曲情表現

〈轉情〉為契玄禪師將歷歷因緣從頭說起，氣度威嚴莊重；然而，葉堂又是如何為湯顯祖沾染南曲典麗風格，依依惜別的【寄生草】訂譜？舉小玉所唱〈折柳〉第一曲為例，仍照原譜譯為一板一眼：

譜 35 北【寄生草】－《紫釵記・折柳》

```
5 3 2 3 5 5 1 1 7 6 2 | 3  5 4 3 | 2  5 4 | [33217232] | 5 6 5 5 | 6 7 6 7 |
怕奏     陽關曲      生  寒渭      水◎          都  是  江 干

2  76 5  5 4 3 5 | 6 7 6 5 4 5 | 4 5 4 3 2 | 3  5 4 3 5 3 2 | 7 7 2 5 4 3 |
桃葉    凌 波 渡      江  洲◎        草  碧

5 6 5 6 5 4 | 35 2 2  7  76 | 5 3 2 3 5 6 | 7  2 1 7 7 6 7 | 6 5 3  3 5 3 2 |
黏 雲  漬◎  這 河 橋 柳 色      迎  風  訴◎

[7 7 2 3 5 6] | 7  2 3 5 6 | 7 2 7 6 5 | 5  5 4 6 5 | 6 1 5 6 5 6 54 3 | 2 2 5 6 |
纖腰倩作   綰  人  絲◎          可  笑 他 自 家        飛絮

2  3 54 3 2 1 7 2 | 7 6 5  0 ‖
渾  難  住◎
```

此曲以散板起，接著以流麗綿密之腔演繹離恨愁腸，其綿密之感，原因之一，在【寄生草】腔的進行，除第四、五句之際，可見跳進，其餘頗多級進音程，其次，小腔甚多，如次句的「水」字，在字頭的「Mi（3）」至字尾的「Re（2）」之腔間，盈滿小幅度的波折；而旋律進行中，幾無長拍子，且與〈轉情〉相較，部分語氣略顯急促，似乎小玉恐怕須與兩別，不及傾吐，如在一板之內唱完「纖腰倩作」四字，又如「這河橋柳色」一句，緊扣住前一句的「漬」字之後。然而此曲最別緻之處，乃在頻繁使用「Fa（4）」、「Si（7、7）」，使音樂搖曳生姿，頗具特色，不但半數曲文之腔皆有之，且罕見重複，即以運用「54」者為例，就可見各種旋律組合：

254 、 5435 、 6545 、 4543 、 2543 、
5654 、 5465

且「Fa（4）」、「Si（7、7）」還經常用在每字出口之音上，構成「字腔」的主要部分，而非僅作「過腔」之用，如「渡」用「Fa（4）」、「迎風」均用「Si（7）」、「住」用「Si（7）」，甚至有一字一音之腔，直接以「Si（7）」出之，

如「纖腰」均是。〈折柳〉【寄生草】首曲的結構，與〈轉情〉近似，唯鼎足對的三句，最後都落在「Re（2）」音，使此一段落相對完整，然而，因爲盡情使用「Fa（4）」、「Si（7、7̣）」，又將原本跳躍幅度不大的曲腔，鋪排得相當委婉淒清，以一板三眼唱來，頗見小玉情意繾綣，灞橋傷別之聲口。

四、相同曲牌的兩種曲調

本節所提出的，乃是相同曲牌在曲腔變化外，於歷時發展的過程中，並存兩種不同曲調者。由於此處所舉【大迓鼓】、【鮑老催】的兩種曲調，非因情境不同而判然二分，故以下不再論述曲情表現；轉而考察其他曲譜收錄該曲牌的情形，以見兩種曲調並行之概況。

（一）【南呂·大迓鼓】

1、曲牌概說

【大迓鼓】通常連用兩隻或四隻，自成一套，不與其他曲牌相連，故《崑曲曲牌及套數範例集》稱爲「孤牌」，〔註33〕但〈寇間〉則單用一隻，後接【尾聲】，較常見者如《琵琶記·愁配》「非干是你爹意堅」等二曲。〔註34〕先將《四夢》所用【大迓鼓】列表如下：

表22 《四夢》【南呂·大迓鼓】一覽表

出　處	首　句　曲　文	備　　註	原　譜	譯　譜
紫釵記·50 歡釵	他千金肯自輕		頁 3	頁 326
紫釵記·50 歡釵	便桑田似海傾	此曲爲前腔	頁 3	頁 327
牡丹亭·17 道覡	府主坐黃堂		頁 1	頁 91
牡丹亭·17 道覡	俺仙家有禁方	此曲爲前腔	頁 1	頁 92
牡丹亭·45 寇間	生員陳最良		頁 2	頁 276
邯鄲記·11 鑿郊	燒空盡費柴		頁 3	頁 62
邯鄲記·11 鑿郊	鶴嘴啄紅崖	此曲爲前腔	頁 3	頁 62
邯鄲記·26 雜慶	小官工作場		頁 1	頁 151
邯鄲記·26 雜慶	小官群牧坊	此曲爲前腔	頁 1	頁 151
邯鄲記·26 雜慶	小官冊籍郎	此曲爲前腔	頁 1	頁 152
邯鄲記·26 雜慶	小官內教坊	此曲爲前腔	頁 1	頁 152

〔註33〕 【大迓鼓】，詳見《崑曲曲牌及套數範例集》（南套），頁 387～392。
〔註34〕 〈愁配〉，見《納書楹曲譜》補遺卷一，頁 1679～1681。

對於【大迓鼓】在套式的運用，許之衡認爲：「【大迓鼓】乃一種餘波之曲。……亦可單用兩支，並含過場性質。」〔註35〕在《四夢》的情形亦大抵如此：〈歡釵〉一齣，乃李益端詳與小玉定情之紫釵時所唱，再以四隻【江頭金桂】鋪敘輾轉情思之後，最末以兩曲【大迓鼓】感嘆無奈的處境；〈寇間〉者爲陳最良向溜金王訴說在杜衙設帳教學的往事，後接【尾聲】結束全齣；〈鑿郟〉者演盧生放火燒山，投以鹽醋，化石爲水，一曲由眾唱，一曲爲盧生唱，後接【尾聲】收結；以上皆在全齣之末，以【大迓鼓】又敘一事，餘波盪漾，又引起其後相關之發展。而〈道覡〉、〈雜慶〉皆屬過場一類，全齣疊用【大迓鼓】，〈道覡〉爲杜府皂隸至道觀喚石道姑前去修齋祈禳，全齣僅引子及二曲【大迓鼓】；〈雜慶〉演盧生還朝，官居宰相、兼掌兵權，有工部大使、廐馬大使、戶部大使及樂官，眾人喜氣洋洋，急忙張羅慶賀，全齣即用四隻【大迓鼓】。

2、曲腔舉隅

【大迓鼓】共五句，全曲上板，《南詞定律》卷八所定句法爲：

　　五〇四，四〇　七〇七〇　四，四〇　　（冊二，頁287）

可分爲三段，分別是：二句、二句、一句，然曲調則有兩種，其間幾無關連，分別以眾唱〈鑿郟〉第一曲，及工部大使唱〈雜慶〉第一曲爲例：

譜36 【大迓鼓】－《邯鄲記‧鑿郟》

譜37 【大迓鼓】－《邯鄲記‧雜慶》

〔註35〕見許之衡：《曲律易知》，頁121～122。

　　純就曲調而言，差異之大，幾乎讓人以爲是兩個曲牌，即就落音來觀察，〈鑿郟〉多落在「Mi（３）」或「Do（１）」，〈雜慶〉則多落在「Do（１）」或「La（６）」；就整體旋律而言，〈鑿郟〉者較高，但即使下移二度，也並非〈雜慶〉之腔，試以同樣落在「Do（１）」的第四句旋律爲例，最可見不同，「又逢酸子措他來」的旋律，大致上是下行至「Do（１）」，而「高閣樓臺金玉裝」整句的旋律，則幾乎都在「Do（１）」上下徘徊。不過，這兩曲的點板則是一致的，示意如下：

一｜二｜三四｜五◎｜一二｜三四，｜一二三｜四◎

一二｜三四五｜一六｜七◎一二｜三四五｜一六｜七◎

一二｜三四，｜一二三｜四◎

板位唯一的差別在〈雜慶〉第二句句首減板。這兩種曲調的【大迓鼓】，在葉譜中皆非孤例，與〈鑿郟〉近似者爲：〈道覡〉、〈寇間〉，另有《琵琶記‧愁配》；與〈雜慶〉近似者爲〈歡釵〉，另有《西樓記‧樓會》，〔註36〕葉堂爲《邯鄲記》譜曲時，於〈鑿郟〉及〈雜慶〉兩齣多達六曲的【大迓鼓】，就分別安排不同的曲調。

　　【大迓鼓】的另一種曲調，應當是在流傳過程中新創而成的，以下從格律譜收錄的情形略作申述：〔註37〕《南詞定律》收出自《琵琶記‧愁配》、《竹葉舟》、《殺狗記》之三曲，曲調相仿，可參見上舉〈鑿郟〉；《九宮大成譜》則錄出自《琵琶記‧愁配》、《西樓記‧樓會》、《殺狗記》之三曲，已見兩種曲調，一是《琵琶記‧愁配》，與上舉〈鑿郟〉相近，二是《西樓記‧樓會》與《殺狗記》，兩者曲調相近，與上舉〈雜慶〉相近，或許另一曲調即是在雍乾年間形成，故編者選入時，遂將《殺狗記》者另配曲調了，而葉譜的【大迓鼓】諸曲，正反映了在牌調的流播過程中，可能在原有的點板架構下另創新腔，並同時傳唱。

　　3、曲情表現

　　許之衡將【大迓鼓】歸爲「可粗可細」之曲，〔註38〕《四夢》諸例，據

〔註36〕《琵琶記‧愁配》，見《納書楹曲譜》補遺卷一，頁1681；《西樓記‧樓會》，見續集卷三，頁983～984。

〔註37〕詳見《南詞定律》，卷八，頁287～288；《九宮大成譜》，卷五十，頁3913～3914。

〔註38〕許之衡：《曲律易知》，頁93。

任唱腳色及曲腔來看，當只有〈歎釵〉為細曲，唱一板三眼，〔註39〕不過【大迓鼓】接在有兩曲贈板的【江頭金桂】套後，又居全齣之末，雖謂細曲，亦無甚繁複之曲腔，以下舉李益所唱〈歎釵〉第一曲略作分析，仍按葉譜未點小眼之原譜譯出：

譜38　【大迓鼓】－《紫釵記・歎釵》

$$
\begin{array}{llllll}
\underline{012}\ \underline{32} & 1\ \underline{216} & \underline{61353\,2} & \underline{121} & \underline{233}\ \ \underline{21} & 6\ \underline{123653}
\end{array}
$$

他千　　金　　肯自　輕　玉樓　無恙，

$$
\underline{216}\quad \underline{1216}\quad \underline{5\,66123}\quad \underline{5321\,6}\quad 6\ \underline{16561}\quad \underline{21635}\ \underline{56}
$$

伴侶飛　瓊　若不是　誥命夫　　人　　正　怎惜得

$$
5\ \underline{65351}\quad 1\ \underline{653565}\quad \underline{35}\ \underline{61}\quad \underline{232161}\quad \underline{512}\ \underline{16}\quad \underline{560}\ \ 0
$$

添　香侍　　女　清持取　釵頭　再作證　盟

與〈雜慶〉只求熱鬧，不多講究之腔相比，整體感覺是〈歎釵〉明顯豐富許多，然而，詳細的作法如何？葉堂並非逐腔加花，有的曲腔幾乎是不變的，如末句「官高壽長」與「再作證盟」，就幾乎相同；有些是在原本曲腔的基礎上，順著字聲，處理得更為細膩，如首句的「工作場」與「肯自輕」，雖皆以「Do（1）」為主要之音，但「肯自輕」處，將上聲字「肯」由低往高唱（612），去聲字「自」略微揭高（3532），聲調抑揚的曲文及曲腔，

正好搭配李益驚疑不定之心緒，「玉樓無恙」也用類似的處理手法；有的則是刻意作腔，如第四句「怎惜得添香仕女清」，提高整句旋律，「侍女」之腔更較「金玉」高了八度，在末兩句較為平直的曲腔之前，重複出現「5653」，運腔細密而連貫，使整曲之中有一較耐唱耐聽的腔句。從上舉三曲【大迓鼓】，可見在流播的過程中，曲調亦可能在原有的點板架構下另創新腔，並同時傳唱；而同一曲牌的粗曲與細曲，除了曲調的繁簡之別，亦可能在某一句刻意作腔，豐富音樂表現。

　　本節選取【紅衲襖】、【滴溜子】、【畫眉序】、【催拍】、【皂羅袍】、北【寄生草】、【大迓鼓】等七個曲牌，分析葉堂即使為相同曲牌訂譜，但於不同情境，如何盡量使曲腔切合曲情，其所用的手法，諸如增減行腔音符、更易節

〔註39〕周雪華譯譜亦註記此曲之拍號為4/4。

奏、變化音區、擴大跳進幅度、安排突出之腔句、於某些字句或段落處作腔等，可使曲牌之板式、旋律等，更妥貼傳唱人物心聲。葉堂的作法，展現了曲牌音樂可能的表現空間，在牌調框架之下，根據曲文內容，除了選擇相應的板式、於配合字聲方面作必要調整，訂譜者於曲腔旋律仍有可發揮之處，故葉堂《四夢全譜》的可貴之處，不僅止於傳播名家名作，而是凸顯訂譜的創作意義，及曲牌音樂在律定字句及點板之下的活腔作法。回顧葉堂比較《長生殿》與《四夢》之語，更可見《四夢》激發訂譜者之構思：「《長生殿》詞極綺麗，宮譜亦諧，但性靈遠遜臨川。轉不如《四夢》之不諧宮譜者，使人能別出新意也。」〔註40〕葉堂此處乃泛說「宮譜不諧」，除了第三章所討論之各種宛轉相就作法外，從實際譜曲來看，如湯顯祖在〈折柳〉選擇以疊用北【寄生草】寫離愁，正好是葉堂譜就纏綿俳惻之曲的契機。

第二節　諸譜《四夢》曲腔之異同

　　繼上節著意分析葉堂對同名曲牌於不同情境之音樂處理後，本節將關注的重心移至清康熙末年至同治年間刊行的曲譜，討論其中收錄之《四夢》牌調，其間相距 150 年，正可觀察《四夢》曲腔之傳唱，及譜曲之變化，將取材的五部曲譜列表如下：

表 23　清康熙至同治年間收錄《四夢》曲腔之譜

曲　譜	刊行時間	收錄《四夢》情形
南詞定律	清康熙五十九年（1720）	格律譜，收錄《四夢》部分南曲曲牌
九宮大成譜	清乾隆十一年（1746）	格律譜，收錄《四夢》部分南、北曲曲牌
吟香堂牡丹亭曲譜	清乾隆五十四年（1789）	工尺譜，收錄《牡丹亭》全部曲牌
納書楹四夢全譜	清乾隆五十七年（1792）	工尺譜，收錄《四夢》全部曲牌
遏雲閣曲譜	清同治九年（1870）	工尺譜，收錄《四夢》共 15 齣戲之曲牌、賓白〔註41〕

〔註40〕見《納書楹曲譜》，正集卷四目錄，頁 484。
〔註41〕《遏雲閣曲譜》收錄之《四夢》散齣計有：

邯鄲夢	原著齣目	度世		西諜	死竄	合仙	
	新題齣目	掃花	三醉	番兒	雲陽法場	仙圓	
南柯夢	原著齣目	啓寇	圍釋				
	新題齣目	花報	瑤臺				

　　比較諸譜收錄的《四夢》曲腔，可謂同異互見，諸譜之間頗相雷同者有之，變化部分曲文之腔者爲數頗眾，曲腔大相逕庭者亦不乏其例，故以下的討論，即根據差異的多寡，釐爲三部分，期能凸顯曲腔活潑變化的一面。

　　先就本節的取材作一說明，由於《定律》及《大成》收錄的《四夢》曲牌散見於各宮調，筆者乃依劇作齣數排列整理爲附錄六「《南詞定律》、《九宮大成譜》收錄之《四夢》曲牌」，以便與《四夢全譜》等互爲比較。由於各曲譜收錄的對象多寡不同，同時見於五部曲譜之牌調甚少，〔註42〕故在分析取材時，雖盡量選擇有較多參照對象者，然亦不避罕見之例，以求展現多樣之作法。下文比較曲腔時，雖於行文說明各譜異同，然徵引曲譜時，爲集中焦點，凡《定律》與《大成》相近者，僅舉板眼標示較詳明之《大成》爲例；凡馮譜與葉譜相近者，則取本文研究之葉譜爲代表。

一、曲腔雷同之例

　　翻檢跨越 150 年的曲譜，其中收錄的《四夢》曲牌，其實未必具有歷時發展的特色，即使各譜所記詳略不同，但仍可見某些曲腔流傳有緒的歷史樣貌，以下先舉《牡丹亭・驚夢》【醉扶歸】爲例，迻錄原譜，一來說明本節參照的五部曲譜，在標記板眼行腔上愈趨詳明；二來可見諸譜雖在部分細節略有參差，然曲腔實屬一致。其次，再舉數曲爲例，以見曲腔雷同雖非常態，但因襲前作，確爲曲樂發展中不容忽視之現象。

　　（一）《牡丹亭・驚夢》【仙呂・醉扶歸】

　　在討論〈驚夢〉【醉扶歸】曲腔之前，先說明《南詞定律》等五種樂譜，標記板眼符號之詳略情形，以爲比較之前提：《南詞定律》爲格律譜，除了句法、正襯之外，詳明點板，並於每曲之下註明句數及板數，所點僅有正板，

牡丹亭	原著齣目	閨塾	勸農	驚夢		尋夢	冥判	拾畫	玩眞	僕偵
	新題齣目	學堂	勸農	遊園	驚夢	尋夢	冥判	拾畫	叫畫	問路
紫釵記	原著齣目	折柳		/						
	新題齣目	折柳	陽關							

上文所謂收錄 15 齣，乃照《四夢》原著計，然以下凡稱引《過雲閣曲譜》，仍按其所題齣目。

〔註42〕僅《牡丹亭》中〈勸農〉之【孝順歌】（或題【孝金經】）、【清江引】（或題【清南枝】）；〈驚夢〉之【醉扶歸】、【山桃紅】第一曲；〈尋夢〉之【惜花賺】、【玉交枝】、【么令】；〈拾畫〉之【千秋歲】；〈玩眞〉之【鶯啼御林】。

獨立標示於曲文右側，而曲腔工尺，則屬附記性質，另載於曲文左側。《九宮大成譜》雖爲格律譜，然已兼具工尺譜之效用，其標記方式，與其後之《吟香堂牡丹亭曲譜》、《納書楹四夢全譜》頗爲一致，於板眼方面，載明正板、贈板及中眼，與行腔工尺並列於右側，頗便於歌唱。《過雲閣曲譜》的標記更爲周到，在板眼上，除正板、贈板、中眼外，又增入小眼，〔註43〕可見板眼與行腔之緊密配合。

　　由於各曲譜記載之內容詳略有別，故以下對各曲牌之比較，行腔部分，可及於一字之高低、繁簡與銜接，但於板眼安排則至多討論到中眼位置的挪移；又下文分析曲腔時，因各譜所記板眼不同，故據譜面直譯而成之簡譜亦可能各異。而若文中只說明一二字詞之腔，不牽涉前後銜接或板眼差異，爲醒目起見，行文中只引述旋律，不標記音符長短。

　　在討論諸譜【醉扶歸】曲腔異同之前，將全曲工尺譜徵引如下：〔註44〕

譜39 【醉扶歸】－《牡丹亭·驚夢》　　　譜40 【醉扶歸】－《牡丹亭·驚夢》
　　（《南詞定律》工尺譜）〔註45〕　　　　　　　（《九宮大成譜》工尺譜）

〔註43〕刊行曲譜中首先標示小眼者，爲葉堂重鐫之《納書楹西廂記全譜》，惜其流傳不廣。

〔註44〕《牡丹亭·10驚夢》【醉扶歸】，見《南詞定律》，卷四，冊一，頁488～489；《九宮大成譜》，卷二，頁387～388；《吟香堂牡丹亭曲譜》，卷上，頁16；《納書楹牡丹亭全譜》，卷上，頁1；《過雲閣曲譜》，頁987～988。又，各譜板眼符號之用法，可見第一章第三節表3所示。

〔註45〕按，《南詞定律》之符號，字上加○者爲襯字，字上加●者收鼻音，字上加□者爲閉口字。

譜41 【醉扶歸】－《牡丹亭·驚夢》（馮譜工尺譜）

譜42 【醉扶歸】－《牡丹亭·驚夢》（葉譜工尺譜）〔註46〕

醉扶歸你道翠生生出落的裙衫兒茜艷艷晶晶花簪八寶瑱可知我一生見愛好是天然恰三春好處無人見不隄防沉魚落鴈鳥驚喧則怕的羞花閉月花愁顫

譜43 【醉扶歸】－《牡丹亭·驚夢》（《遏雲閣曲譜》工尺譜）

貼小姐唱 醉扶歸你道翠生生出落的裙衫兒茜艷艷晶晶花簪八寶瑱 且春香唱 可知我一生見愛好似天然 合 恰三春好處無人見不隄防沈魚落鴈鳥驚喧則怕的羞花閉月花愁顫

〔註46〕葉譜【醉扶歸】最末之「顫」字，據〈驚夢〉【仙呂】其他曲牌，其腔應爲「尺上四」，故此處當是漏刻或漏印工尺中之「四」字。

　　諸譜之【醉扶歸】，除板位固定，後起諸譜安排之中眼位置相同，一字之內的行腔亦頗爲雷同，實爲一脈相承，僅說明數處細節之差異：

　　（1）首句「出落」之腔，《定律》爲「１２１　６１」，《大成》、葉譜爲「１２１　６５」，馮譜爲「１　６１２１」，《遏雲閣》爲「１２１　６」，不過是在「出」的「Do（１）」音、「落」的「La（６）」音上略有變化，乃入聲字出口唱斷之後，所接之腔略有參差。

　　（2）倒數第二句「驚」字之腔，在《定律》所載主要行腔「５６５」之外，亦小有不同，《大成》爲「５６５３」，最末之「Mi（３）」音爲小字側寫，唱時帶過即可，馮譜、葉譜、《遏雲閣》均作「５６５６５」，唯馮譜將最末之「６５」以小字側寫，《遏雲閣》則將開頭之「５」加上「‥」符號（後稱爲「撤腔」）〔註47〕。

　　（3）末句之「顫」，爲去聲字，《遏雲閣》在各譜所記的「２１６」之外，又於出口之「Re（２）」音加上「／」符號（後稱爲「豁腔」）。

　　此類增潤曲腔之作法，在各譜中不勝枚舉，以下討論諸譜差異之處，將不再說明此類不影響一字之腔的細節。各譜在趨於一致的曲腔之中，亦小有不同，如：

　　（1）首句「你道」之腔，各譜皆爲「６　１」，唯《遏雲閣》略低，唱作「５　６」。

　　（2）末句「閉月」之腔，除馮譜作「１　３５６５３」，其餘諸譜皆爲「２１６１」，馮譜的作法乃是將去聲字高唱，故訂「閉」之腔爲「１」，其餘諸譜則當藉「羞花閉月」之詞義，將腔壓低，既有杜麗娘自嘆美貌之際的幾許羞澀，亦便於銜接以下「花愁顫」較低之腔。

　　以上雖例舉諸譜細節之差異，然就牌調的整體曲腔而言，仍可見於《牡丹亭‧驚夢》【醉扶歸】的處理實屬一致。

───────────────

〔註47〕按，《遏雲閣》並未說明所用之符號，此處「撤腔」、「豁腔」乃據俞振飛〈習曲要解〉，該文在說明「撤腔」、「豁腔」唱法時，皆提及《遏雲閣》已載明，見俞振飛輯：《粟廬曲譜》，卷首。又，「撤腔」之符號，後多作「╲」，但《遏雲閣》則在工尺之下，以緊密側寫的兩個小點示意，作「‥」。

（二）其他曲腔雷同之曲

1、《牡丹亭・尋夢》【仙呂・玉交枝】

此曲亦爲五部曲譜皆收錄者，[註48] 題名一作【玉嬌枝】（見《定律》、《大成》），整體而言，《大成》與《定律》相同，馮譜、葉譜、《過雲閣》相同，但較《大成》有些許變化，爲節省篇幅，不再舉全曲譜例，僅舉出在各譜大致雷同的曲腔中，某些字詞的差異：

（1）首句「似這等荒涼地面」，「這」字之腔略微揭高，舉「似這等」之腔爲例，

《定律》、《大成》爲：５６３
　　　　　　　似這等

馮譜、葉譜、《過雲閣》則爲：５１̇３
　　　　　　　　　　　似這等

《定律》等的譜法，乃是使「似」、「這」兩個去聲字的音高相近，但馮譜等將「這」字揭高之後，此曲開頭三字，雖然節拍甚短，以《過雲閣》而言，在一板三眼的曲子中，僅佔一拍半，然一出口即頗具抑揚變化。

（2）第二句之「亭臺靠邊」，「亭」字或在「Sol（５）」或在「La（６̇）」，「靠」字出口之腔亦揭高處理，

《大成》爲：｜6　61　3　2　｜12　1
　　　　　　　亭　臺　靠　　邊◎

馮譜則爲：　｜565 61　6532｜12　1
　　　　　　　亭　臺　靠　　邊◎

葉譜則爲：　｜5　61　6532｜12　1
　　　　　　　亭　臺　靠　　邊◎

《過雲閣》：　｜561　6532｜12　1
　　　　　　　亭　臺　靠　　邊◎

〔註48〕　《牡丹亭・12 尋夢》【玉交枝】，見《南詞定律》，卷九，冊二，頁 503；《九宮大成譜》，卷三，頁 517～518；《吟香堂牡丹亭曲譜》，卷上，頁 26；《納書楹牡丹亭全譜》，卷上，頁 4；《過雲閣曲譜》，頁 1018～1019。

　　後三譜對「亭」字的處理，目的應在與「臺」字出口的「La（6̣）」音區隔，故以「Sol（5̣）」出之；「靠」字揭高，除因其爲可高唱的去聲字，也藉此讓曲腔更具起伏。

　　（3）第六句「霎時間有如活現」之「霎時」兩字，後三譜不但改訂字腔，也將「時」字移前，

《大成》爲：| 1 2 1　6 1 2 | 1 2 1
　　　　　　霎　　　時　　　間

馮譜等則爲：| 3 2 3　3 5 3 2 | 1 2 1
　　　　　　霎時　　　　　　間

　　馮譜等將「時」字從中眼移前至板後，可使節奏較富變化，將「霎」字之腔改爲「Mi（3）」音，「時」字亦以「Mi（3）」音爲主，則避免三字之中頻繁出現「1 2」，行腔亦較爲流暢。

　　2、《邯鄲記・行田》【雙調・柳搖金】

　　此曲僅《定律》、《大成》、葉譜收錄，〔註49〕三譜曲腔雷同，僅第四至六句、末句結音略見差異，部分可視爲唱法上的處理，以下先舉各譜腔句，再說明不同處：

譜44　【柳搖金】四至六句－《邯鄲記・行田》（《定律》、《大成》、葉譜）

《定律》：

| 6　6 2 6 5　3 5　2 3 5 3 | 2 3 2 | 6　5 6 1 6 5　6 3 2　1 6
不　住　　　沙　塵　　　刮◎　空　田　　　嗓　晚

| 2 3 2　1 2　3　2 | 1 2　2 3　2 | 3 5 3 2 1
鴉◎　牛　背上　　夕　陽　西　下◎

〔註50〕

────────────

〔註49〕《邯鄲記・2行田》【柳搖金】，見《南詞定律》卷九，冊二，頁539～540；《九宮大成譜》，卷六十三，頁5174～5175；《納書楹邯鄲記全譜》，卷上，頁1。

〔註50〕按，《定律》將曲文「牛背上」誤植爲「牛背下」，此爲便於比較，據《六十種曲》本更正。

《大成》訂爲贈板曲：

6 ⌈**626·** **535** **2353**｜**2·32** **-**｜**6** **561** **656** **32**⌈**16**⌉｜
不　住　　沙　塵　　刮　　空田　嘹　　晚

2126 **365** **32**｜**1323·2**｜**35321** **-**‖
鴉牛　背上　　夕陽　西下

葉譜亦訂爲贈板曲：

6 ⌈**6261653** **53** **2353**｜**2·32** **-**｜**6** **561** **656** **32**⌈**1** **61**⌉｜
不　住　　沙　塵　　刮　　空田　嘹　晚

2126 **365** **32**｜**1323·2**｜**35321** **-**‖
鴉牛　背上　　夕陽　西下

　　（1）《定律》「鴉」字之腔爲「**232**」，然《大成》、葉譜僅「Re（**2**）」音；《定律》「背上」之腔僅有「**32**」，《大成》、葉譜則增潤不少，爲「**63** **6** **532**」，雖然《定律》未標中眼位置，然據其所訂之腔看來，或爲：

2 **32** **12** **32**
鴉◎　牛　背上

《大成》及葉譜所訂「背上」之腔較爲動聽，但則不若《定律》強調韻腳「鴉」字，故未安排較長之腔。

　　（2）葉譜所記之腔，骨幹音雖與前兩譜同，但添入的一些小腔，則使旋律更爲圓潤流暢，如將「住」字之「**6·5**」增爲「**6165**」；又「沙」字增入尾音「Mi（**3**）」，則可與「塵」字的「Re（**2**）」音，在連接上更爲順適，「晚」字的作法亦是如此。

此外，末句「畫」字的結音，

《定律》、《大成》皆爲：**35** **56**
　　　　　　　　如　畫◎

葉譜則是：**35** **32**
　　　　如　畫◎

雖然將結音由「La（ 6̇ ）」落至「Re（ 2̇ ）」，看似迥別，其實，「Re（ 2̇ ）」音亦爲此曲常用之結音，上舉第四、五句之「刮」字、「鴉」字，即落在「Re（ 2̇ 、 2̇ ）」音。

　　3、《紫釵記・折柳》

　　此齣之腔，當係葉堂訂創，其後《遏雲閣》承之，唯將【仙呂・解三酲】以下，另稱爲〈陽關〉，兩譜之腔，率多雷同，唯《遏雲閣》偶又有些潤飾，【仙呂・寄生草】「慢點懸清淚」一曲可爲代表，其餘字詞之腔確見差異者，屈指可數，如【解三酲】首曲之「踟躕」，

葉譜爲： <u>1 3 2</u> | <u>1 2</u>
　　　　　踟　　　躕

《遏雲閣》則爲： <u>2 3 5</u>　3 | 2
　　　　　　　踟　　　　躕

《遏雲閣》者以略高之腔出之。又如最末散板曲【鷓鴣天】之「啼鳥」，

葉譜爲： 3 3 5
　　　　　　啼鳥

《遏雲閣》則爲： 3 5 3 6 5 3
　　　　　　　　啼鳥

由於蔓衍「鳥」字之腔，更添纏綿離愁之致。

　　上文在舉出面貌雷同之曲的同時，亦點明部分細節的差異，雖然這些在一字或一詞之間的細微不同，並不影響全曲近似的特質，但由於這類情形在比較曲牌的過程中屢屢見之，故不嫌絮煩，詳予釐析，下文於此類參差之處，將不再著意。在《四夢》曲腔流播過程中，此類面貌雷同的曲牌，固有一定數量；然在比較諸譜的過程中，更可見許多曲牌的腔句各具變化，以下將常見的手法略事梳理，並舉例說明。

二、常見的曲腔變化手法

　　在比較諸譜《四夢》曲牌時，雖頻頻圈畫曲腔不同之處，然而，看似複雜紛繁的曲腔，其實仍可歸結出主要的作法變化，以見其同中有異的脈絡，以下將從「板眼」及「行腔」兩部份切入，舉一字之腔或部分腔句爲例，分析說明。

（一）板眼部分

雖然《南詞定律》、《九宮大成譜》已將收錄的部分《四夢》曲牌定板、定腔，然而，在後起曲譜中，仍可見改變板式或騰挪板眼的作法，以下略述之：

1、改變板式

此處觀察的面向有兩部份，一為全曲的板式，主要在是否運用贈板；二為某些腔句的板式，主要是首句上板與否，兼及中間腔句是否轉換板式，為集中焦點，此處的分析只就板式而言，與之相關的行腔變化，則留待下文討論。

（1）是否運用贈板

曲牌加贈板與否，雖不影響其板數與結構，然而，卻可見訂譜者的理解與詮釋，以下即選錄數曲剖析：〔註51〕

《牡丹亭・44 急難》【中呂・瓦盆兒】「去遲科試」曲，為柳夢梅向杜麗娘細訴赴考遭遇之驚險，並言及杜寶管轄之淮揚軍情緊急，〔註52〕《大成》共錄兩曲【瓦盆兒】，出自散曲之「一從分散」雖有贈板，於此曲則僅點正板，然馮譜、葉譜俱添贈板，當是考量此為本齣首隻過曲，且所述之事頗有幾分蹊蹺，不妨緩慢出之，由於一板之內的拍數增加，馮譜等的曲腔亦較繁複。

《牡丹亭・9 蕭苑》疊用四隻【南呂・一江風】，其中第三曲為春香所唱的「甚年光」，乃向陳最良說明小姐傷春情懷，〔註53〕馮譜於此曲無贈板，然葉譜則有之，腔亦較繁，推想馮譜當是因此由春香所唱，且前已疊用兩隻贈板曲，故可讓此曲節拍稍快些。

《南柯記・5 宮訓》【仙呂・傍妝臺】，諸譜改作集曲，題【傍甘歌】等，共有兩曲，〔註54〕首曲「女大急需婚」為國母命瓊英赴人間留意英俊之士，次曲「光景一時新」為瑤芳公主取出奉獻禪師之禮物，繼由瓊英接唱願為帶信，後接【尾聲】結束全齣，《大成》僅收錄第二曲，並訂為贈板曲，然葉譜

〔註51〕由於《定律》只點正板，無法得知詳細的板式，故部分曲牌僅取後起諸譜相較，但仍於註腳標示《定律》之頁碼。

〔註52〕《牡丹亭・44 急難》【瓦盆兒】，見《南詞定律》，卷六，冊二，頁 110；《九宮大成譜》卷十一，頁 1330～1332；《吟香堂牡丹亭曲譜》，卷下，頁 30～31；《納書楹牡丹亭全譜》，卷下，頁 1。

〔註53〕《牡丹亭・9 蕭苑》【一江風】第三曲，見《吟香堂牡丹亭曲譜》，卷上，頁 13～14；《納書楹牡丹亭全譜》，卷上，頁 1～2。

〔註54〕《南柯記・5 宮訓》【傍甘歌】，見《南詞定律》，題【粧臺帶甘歌】，卷四，冊一，頁 571；《九宮大成譜》，題【粧臺甘州歌】，卷四，頁 662～663；《納書楹南柯記全譜》，題【傍甘歌】，卷上，頁 2～3。

於兩曲【傍甘歌】皆不加贈板,較能吻合國母尋求姻緣的急切情緒,然兩譜之腔,並無明顯的繁簡之別,而是旋律不盡相同。

（2）首句是否上板

首句是否上板,爲腔句板式變化中最常見者,如:《牡丹亭·3訓女》【仙呂·玉山頹】「爹娘萬福」曲,〔註55〕爲該齣首隻過曲,諸譜第一句即已上板,唯獨葉譜將此句散唱,作爲引子與過曲之間的銜接。

《牡丹亭·36婚走》【中呂·榴花泣】「三生一會」曲,〔註56〕《定律》及《大成》皆是首句即上板,然馮譜及葉譜則至第二句方才上板,且添入贈板,當是考量此曲乃另起排場,且爲柳夢梅、杜麗娘曲成親事,拜告天地時所唱,故配以較舒緩的唱法,曲腔亦有所增潤。

《南柯記·33召還》【皂鶯兒】「杯酒散愁容」曲,諸譜改訂爲【商調·金衣間皂袍】,〔註57〕《定律》、《大成》爲散起,但葉譜首句即上板,不僅與唸白銜接緊湊,也可想見淳于棼在寬慰瑤芳公主之際,難掩拜相還朝的得意之情。

（3）是否轉換板式

曲牌之中的板式變化,除了首句上板與否之別,亦有在曲中或曲末轉變板式者,可舉《牡丹亭·26玩眞》【商調·鶯啼序】「他青梅在手」一曲爲例,〔註58〕此曲諸譜改作集曲【鶯啼御林】,《大成》訂爲贈板曲,馮譜承之,然葉譜所附之〈俗玩眞〉,至末三句(「韻情多」以下),則僅有正板,而《遏雲閣》之〈叫畫〉,則從第三句「小生待畫餅充飢」起就無贈板,這樣的安排,

〔註55〕《牡丹亭·3訓女》【玉山頹】,見《南詞定律》,收入【雙調】,卷九,冊二,頁595;《九宮大成譜》,卷四,頁715～716;《吟香堂牡丹亭曲譜》,卷上,頁2～3;《納書楹牡丹亭全譜》,題【玉山供】,卷上,頁1。

〔註56〕《牡丹亭·36婚走》【榴花泣】,見《南詞定律》,卷六,冊二,頁137;《九宮大成譜》,題【榴花好】,卷十二,頁1375～1376;《吟香堂牡丹亭曲譜》,題【榴花好】,卷下,頁15;《納書楹牡丹亭全譜》,卷下,頁3。

〔註57〕《南柯記·33召還》【金衣間皂袍】,見《南詞定律》,卷十,冊三,頁100～101;《九宮大成譜》,卷五十八,頁4740～4741;《納書楹南柯記全譜》,卷下,頁2。

〔註58〕《牡丹亭·26玩眞》(或題〈拾畫〉)【鶯啼御林】,尚有馮譜附〈俗叫畫〉、葉譜附〈俗玩眞〉之譜,故共有七種譜子,其中多見板式變化,然爲集中焦點,此處不再展開,僅註記所有曲譜之處,以便查考:見《南詞定律》,卷十,冊三,頁92;《九宮大成譜》,卷五十八,頁4728～4729;《吟香堂牡丹亭曲譜》,卷上,頁65、66～67(因集句不同,題【鶯鶯兒】);《納書楹牡丹亭全譜》,卷上,頁2、卷下,頁1～2;《遏雲閣曲譜》,頁1059～1060(按,此曲「韻情多」等三句之贈板,乃屬誤植,對照《定律》即可知當爲正板)。

當是爲了凸顯柳夢梅在賞玩杜麗娘畫像時，從靜觀而至傾吐心事，愈益熱切的盼望之情，故曲子也由慢漸緊。

2、騰挪板眼

上舉變化板式之例，可觀照訂譜者如何鋪排劇中曲牌的銜接運用，以下分析譜曲者騰挪板眼處，則可見對曲文字句的理解與逗斷。

（1）《牡丹亭・拾畫》【好事近】末句

〈24 拾畫〉【中呂・好事近】（一名【顏子樂】）「則見風月暗消磨」曲，諸譜於末句的點板不盡相同，《定律》及馮譜爲：〔註59〕

早則是寒花 ｜ 遠砌，｜ 荒草 ｜ 一成 ｜ 窠◎

葉譜及《遏雲閣》則是：

早則是 ｜ 寒花遠砌，｜ 荒草 ｜ 一成 ｜ 窠◎

雖只是將「遠」的板位移前至「寒」，但卻使「寒花遠砌」在完整的一板之內，不但句逗清晰，且能較爲勻稱表達花園寥落之嘆，而不是將「寒花」擠在前一板之末，獨於「遠砌」作足了腔。

（2）《牡丹亭・診祟》【尾聲】

〈18 診祟〉【商調・尾聲】，比較馮譜與葉譜的點板，可見兩人對文句的理解有異，馮譜爲：〔註60〕

｜ 依稀則 ｜ 記的個柳 ｜ 一和 ｜ 梅◎你也 ｜ 不索打 ｜ 符椿掛 ｜ 竹 ｜ 枝 ｜ 一◎
則待我冷 ｜ 思量一星星呪向 ｜ 夢兒 ｜ **裏◎**

葉譜則是：

｜ 依稀則 ｜ 記的個柳 ｜ 一和 ｜ 梅◎你也不 ｜ 一索打 ｜ 符椿 ｜ 掛 ｜ 竹枝 ｜ 一◎
則待我冷思量 ｜ 一星星呪向 ｜ 夢兒 ｜ **裏◎**

主要差別在「掛」字、「一」字是否當板，馮譜將「掛」視爲襯字，自不

〔註59〕《牡丹亭・24 拾畫》【好事近】，見《南詞定律》，題【好事近】，卷六，冊二，頁 133〜134；《吟香堂牡丹亭曲譜》，題【好子樂】，卷上，頁 60〜61；《納書楹牡丹亭全譜》，題【顏子樂】，卷上，頁 1；《遏雲閣曲譜》，題【好事近】，頁 1050〜1051。

〔註60〕《牡丹亭・18 診祟》【尾聲】，見《吟香堂牡丹亭曲譜》，題【慶餘】，卷上，頁 40；《納書楹牡丹亭全譜》，卷上，頁 3。

占板，葉譜則將「掛竹枝」視爲一組；「一」的情形類似，馮譜將「一星星呪向」皆處理爲襯字，故安排於「思量」之後的板位，然葉譜將板位移至「一」字，使「則待我冷思量」、「一星星呪向」，分別逗斷，語意更爲明確。

（3）《牡丹亭・驚夢》【山桃紅】第五至七句

〈10 驚夢〉【越調・山桃紅】「則爲你如花美眷」曲，中段「轉過這芍藥欄前，緊靠著湖山石邊◎和你把領扣鬆，衣帶寬◎袖梢兒，搵著牙兒苫◎也。」數句，板眼安排有異，《大成》的點板同《定律》，但將贈板及中眼安排如下：〔註61〕

轉過這 芍 }— 藥 ｜ 欄— }前 緊靠著 ｜ 湖 山 }— 石 ｜ 邊— }— 和你把

｜ 領 扣 }鬆— ｜ 衣 帶 }寬— ｜｜ 袖 梢 兒・搵著 ｜ 牙— }— 兒 ｜ 苫— }— —

｜ 也— }— — ｜ —

馮譜與《大成》相較，「邊」、「領、鬆」、「衣、寬」等字之板眼不同，訂爲：

轉過這 }芍 藥 ｜ 欄— }前 緊靠著 ｜ 湖 山 }— 石 ｜ 邊・ 和你把 ｜領 扣

｜ 鬆— ｜ 衣 帶 ｜ 寬 袖 }梢兒 —搵著 ｜ 牙— }— 兒 ｜ 苫— }— —◎

｜ 也— }— — ｜ —

葉譜與馮譜近似，唯「轉過這」句、「邊」字、「和你把」等之眼位略有不同，僅錄差別之處：

轉 }過這 —芍藥 ｜ 欄— }前 緊靠著 ｜ 湖 山 }— 石 ｜ 邊 和你把 }領 扣……

《遏雲閣》對「轉過這芍藥欄」之安排與馮譜近似，「邊」字、「和你把」等則與葉譜一致，僅錄差別之處：

轉過這 }芍 藥 ｜ 欄— }前 緊靠著 ｜ 湖 山 }— 石 ｜ 邊 和你把 }領 扣……

這一段板眼差異的關鍵，是在「領扣鬆，衣帶寬」究竟如何點板。《定

〔註61〕 《牡丹亭・10 驚夢》【山桃紅】，見《南詞定律》，卷十三，冊三，頁 321～322；《九宮大成譜》，卷二十六，頁 2301～2303；《吟香堂牡丹亭曲譜》，卷上，頁 17～19；《納書楹牡丹亭全譜》，卷上，頁 3～4；《遏雲閣曲譜》，頁 995～997、1003～1004。

律》及《大成》點在兩個短句之首，又與其下「袖梢兒」一致，頗爲規整；但馮譜以下，皆點在兩個短句之末，一來在板上之字易於作腔，二來「寬」字後緊接「袖」字，將「袖梢兒」句的首板刪去，兩句之間連接更爲緊密，音樂中也透出柳夢梅追著杜麗娘，漸行漸進的渴望之情。因爲這兩個短句將板移位，前後腔句之中眼也有相應的調整，如《大成》的「邊」字，時值甚長，幾乎唱足一板，但馮譜以下，因爲「領扣」亦需在這一板之內唱完，故「邊」字緊接「和你把」，與下文的「領扣鬆，衣帶寬」一氣呵成。其餘差別較多的眼位騰挪，則是「轉過這芍藥」幾字，諸譜安排各異，其中節奏最清晰易唱，頗能顯豁表達文意者，當推馮譜，《遏雲閣》同之。後起曲譜對〈驚夢〉【山桃紅】中兩個短句的點板方式，在第二隻「這一霎天留人便」曲中亦然，「緊相偎，慢廝連」句，《大成》是：「｜緊相 偎｜慢廝 連」，馮譜以下則是「緊相｜偎 慢廝｜連」，這樣的作法，雖不合【山桃紅】定板位置及板數，卻也適切而巧妙。

　　南曲曲牌雖有格律譜之定板可爲依循，然而從現存《四夢》曲牌之譜例所見，則確有騰挪變化者，葉堂《納書楹曲譜》〈凡例〉曾言：「此譜欲盡度曲之妙，間有挪借板眼處，故不分正襯，所謂死腔活板也。」（頁10）以上藉由比較諸譜相同腔句的點板位置，清晰具現不同訂譜者安排板眼之考量。板眼之騰挪，或亦牽涉曲腔之改變，下文討論時可一併見之。

　　（二）行腔部分

　　1、移高或移低

　　即使大致相同的曲腔，亦可見某譜於一句之中某幾字之腔，相較於他譜，移高或移低數度，且不僅高低有別，甚至影響前後字詞的銜接，以下舉例見之：

　　（1）《牡丹亭・回生》【啄木三歌】第三、四句

　　〈35回生〉【黃鐘・啄木三歌】爲集曲，原題【啄木鸝】，諸譜重訂集曲後，因末句集自不同的摘句，而改題【啄木三鸝】或【啄木三歌】，〔註62〕此處討論的是前段集入【啄木兒】的第三、四句，先將各譜腔句引錄如下：

〔註63〕

〔註62〕僅《定律》題【啄木三鸝】，餘題【啄木三歌】。
〔註63〕《牡丹亭・35回生》【啄木三歌】，見《南詞定律》，卷一，冊一，頁223～224；《九宮大成譜》，卷七十二，頁6141；《吟香堂牡丹亭曲譜》，卷下，頁11；《納書楹牡丹亭全譜》，卷下，頁1。

譜45　【啄木三歌】三至四句－《牡丹亭·回生》
　　　（《定律》、《大成》、馮譜、葉譜）

《定律》：

```
6 2 1 | 3 5 3 2 | 1 6 5 6 | 6 2 6 6 | 1 2 1 | 1 1 2 1 | 6
敢太歲   頭上      動 土◎    向小姐腳跟   挖      窟◎
```

《大成》：

```
6 2  2 1 | 3 5 | 3 2 | 1 6 5 6 | 6 6 5 3 | 3 5 | 6 1 6 | 6 1 | 2 1 | 6
敢太 歲 頭上    動 土◎   向小 姐      腳 跟    挖         窟◎
```

馮譜：

```
6 2  2 1 | 3 5 | 3 | 2 1 6 | 5 6 | 6 5 3 | 3 5 | 6 1 6 | 6 1 | 2 1 | 6
敢太 歲 頭上   動    土◎     向小 姐     腳 跟    挖         窟◎
```

葉譜：

```
6 2  2 1 | 6 1 5 3 | 2 1 6 | 5 6 | 6 1 3 | 3 5 | 6 1 6 | 6 1 | 2 1 | 6
敢太 歲 頭 上       動 土◎   向小 姐     腳 跟    挖         窟◎
```

　　這兩句腔，差異最明顯處在「向小姐腳跟」五字，諸譜就較《定律》爲低，相差三、四度，不但可與其後「挖窟」的「１２１６」之腔有所區隔，也使腔句更具起伏；而「頭上」之腔，葉譜起音較諸譜低，相差約五度；亦有將字腔略微揭高者，如葉譜當因「向」爲去聲字，遂藉勢挑起，使兩句銜接之處，音程跳進，更爲分明；而「動」字出口之腔，《定律》、《大成》在「Do（１）」，但馮譜將「上」字最末之腔移至「動」字出口，遂從「Re（２）」起；其餘則一致。

（2）《邯鄲記·合仙》北【沉醉東風】第三曲

　　〈30合仙〉北【雙調·沉醉東風】僅見於葉譜及《過雲閣》，〔註64〕由於前後各有一句腔高低有別，故全譜錄出，以下說明除指出旋律移低之處，亦及於該腔句的相關處理：

〔註64〕《邯鄲記·30合仙》北【沉醉東風】第三曲，見《納書楹邯鄲記全譜》，卷下，頁6；《過雲閣曲譜》，題〈仙圓〉，頁915～916。

譜 46 北【沉醉東風】－《邯鄲記·合仙》（葉譜）

譜 47 北【沉醉東風】－《邯鄲記·仙圓》（《遏雲閣曲譜》）

　　《遏雲閣》在葉譜的基礎上，除將部分旋律移低，又有相應的處理，先看「在海山深躲脫了閒身」一句，筆者揣想《遏雲閣》是因為首句之腔甚高，故在第二句開頭即將音區降低，「在海山深躲」諸字，即比葉譜之腔低，且大約相差五度，使第一、二句之腔有明顯分隔，後半句之腔，兩譜看似不同，實則只差一個「Re（2）」音，因《遏雲閣》增入「我這」兩字，成為「躲脫了我這閒身」，故將葉譜「脫了」之腔，移至「了我這」三字上，另為「脫」

字譜上「Re（２）」音，以便與「躲」的「La（6̣）」音、「了」字出口的「Do（１）」音銜接。再看末句「人世上行眠立盹」之腔，《遏雲閣》亦較葉譜爲低，「人世上」三字，相差大約五度，「行眠」二字則相差八度；以下「立盹」之腔，看似迥別，其實亦有跡可循，「立」字，兩譜大體一致，主要之腔皆爲「５３２１」，《遏雲閣》因「眠」字低至「Mi（３）」音，故「立」字之腔「３５２１」，乃在出口先唱「Mi（３）」音，使連接較爲順適，然末字「盹」之腔，則非高低音之別，而是選用不同結音，此齣【沉醉東風】共有四曲，末字之腔在葉譜即有兩種：第一、三、四曲用「｜7̲6̲ 1̲｜1」，唯第四曲「Do（１）」音不延長，第二曲是爲「2̲3̲」，《遏雲閣》則是第二、三曲之末字皆爲「2̲3̲」，應是取其時值較短，以便緊接下曲。

2、上行或下行延伸

比較諸譜同一句的行腔，除了高低音的變化外，也可見將旋律向前或向後延伸的作法，不但豐潤行腔，連接也更爲順適，比如：《牡丹亭・24拾畫》【中呂・好事近】（一名【顏子樂】）第二句之「畫牆」，

葉譜等是：**6̲2̲1̣̲ 3̲5̲**
　　　　　畫　　牆

《遏雲閣》則是：**6̲2̣̲ 1̣̲6̲5̲ 3̲5̲**
　　　　　　　畫　　　牆

《遏雲閣》增入的「6̲5̲」兩個音，並不影響旋律走向，但可使字與字間的連接更爲圓潤。以下將舉例說明此類延伸行腔，又加以變化的作法：

（1）《牡丹亭・婚走》【榴花好】首三句

〈36婚走〉【中呂・榴花好】（一名【榴花泣】）爲集曲，見於《定律》、《大成》、馮譜及葉譜，〔註65〕全曲之腔雖有多處參差，但前兩譜之腔頗爲相近，後兩譜之腔亦相去不遠，僅舉《大成》及葉譜之首三句，說明旋律延伸之作法：

〔註65〕《牡丹亭・36婚走》【榴花好】，見《南詞定律》，卷六，冊二，頁137～138；《九宮大成譜》，卷十二，頁1375～1376；《吟香堂牡丹亭曲譜》，卷下，頁15；《納書楹牡丹亭全譜》，卷下，頁3。

譜 48 【榴花好】首三句－《牡丹亭・婚走》(《大成》)

i i 6 | 5 6　3 6 | 5 3 3　6 . 5 | 3 5　5 1 | 2 3 2 | 1 2 6 | 6 5 3 2 |
三生　一夢 人世 兩和　　諧　承合　苍送　金

2 1 3 1 | 2　3 2 1 2 6 | 6 5 3 . 2 | 1 2 0　0 ‖
杯比墓田 春　酒這　新　醅

譜 49 【榴花泣】首三句－《牡丹亭・婚走》(葉譜)〔註 66〕

5 5 5 6 3 6 5 3 6 5 6 | 6 1 - 2 | 3 5 3 2 | 1 2 6 5 | 5 3 2 3 5　6 5 3 2 |
三生一夢人世兩和　諧　承　合　苍送　金

2 3 2　1 2 3 6 3 2 1 2 | 3 5 3 2 1 2 6 5 | 5 3 2 3 5　6 5 3 2 | 2 0 0 0 ‖
杯　比墓　田春　酒這　新　醅

　　葉譜將首句改訂爲散板，又將此曲訂爲贈板曲，故腔較爲繁多，且比《大成》旋律有所延伸，從每一字出口之腔來觀察，可見葉譜的「合」、「春」、「新」三字與《大成》不同，即因旋律有所延伸：「承合」、「田春」兩處，葉譜在「1 2……3 2」之間加上「3 5」，略微上行延伸；「這新」則是在「6 5……3 2」之間添入「3 2 3 5 6 5」，先下行延伸，再往上行，皆較《大成》之腔更具波折變化。〔註 67〕

（2）《牡丹亭・尋夢》【嘉慶子】末三句

　　〈12 尋夢〉【仙呂・嘉慶子】見於《大成》、馮譜、葉譜及《遏雲閣》，〔註 68〕俱爲贈板曲，由於後三譜之腔頗爲相近，故僅舉《大成》及葉譜爲例，錄其末三句以見旋律之延伸變化：

〔註 66〕葉譜的「金」字，誤點爲頭板，據馮譜譯爲頭贈板。
〔註 67〕按，《牡丹亭・36 婚走》【榴花好】後半還有數處延伸作法，亦可參照。
〔註 68〕《牡丹亭・12 尋夢》【嘉慶子】，見《九宮大成譜》，卷三，頁 539；《吟香堂牡丹亭曲譜》，卷上，頁 24～25；《納書楹牡丹亭全譜》，卷上，頁 3；《遏雲閣曲譜》，頁 1014。

譜50　【嘉慶子】末三句－《牡丹亭‧尋夢》(《大成》)

$$5\,\dot{1}\,6\,5\,\dot{2}\,\dot{1}\,6\,5\,|\,3\,5\,3\quad5\,6\,3\,2\,|\,\dot{1}\,6\,3\quad2\,3\,2\,\dot{1}\,6\,|\,\dot{1}\,\dot{1}\,\dot{6}\,\dot{1}\,\dot{2}\,\dot{1}\,6\,\dot{1}\,|\,\dot{1}\,5\,3\,|$$

話　　到　　其　　間　　覷　　　　　睍　　他捏這眼奈

$$3\,\dot{2}\,\dot{1}\,2\,3\,5\,6\,5\,\dot{1}\,6\,\dot{1}\,2\,|\,3\,\dot{2}\,2\,3\quad2\,\dot{1}\,6\,\dot{1}\dot{2}\,|\,5\,\dot{1}\,|\,\dot{1}\,6\,5\,3\,5\,6\quad5\quad3\,2\,|\,1\,2\,0\,0\,0\,|\!|$$

煩　　　　也　　　天咱噥　這口待　酬　　　　言

譜51　【嘉慶子】末三句－《牡丹亭‧尋夢》(葉譜)

$$5\,\dot{1}\,6\,\dot{1}\,\dot{2}\,\dot{1}\,6\,5\,|\,3\quad5\,6\,5\,6\,5\,3\,2\,|\,1\quad6\,5\,3\quad2\,\dot{1}\,6\,|\,\dot{1}\,|\,\dot{1}\,\dot{1}\,\dot{6}\text{-}\,\dot{1}\quad2\,3\,|$$

話　　到　　其　　間　　覷　　　睍　　　他捏

$$5\,6\,2\,\dot{1}\,|\,\dot{6}\,\dot{1}\,|\,5\,6\,5\,3\,2\quad1\quad2\,3\,2\quad\dot{1}\,6\,5\,3\,5\,6\,|\,\dot{1}\,5\,5\,6\text{-}\,\dot{1}\,6\,5\,\dot{6}\,\dot{1}\,5\,\dot{1}\,6\,|$$

這　　眼　　奈　煩　　　　也　　　天咱噥　這口待

$$\dot{6}\,\dot{1}\,6\,5\,3\,5\,6\quad5\quad3\,2\,|\,1\,2\,0\,0\,0\,|\!|$$

酬　　　　言

「覷」字之腔，葉譜在「1……321」之間，上行延伸至「65」，與《大成》相較，甚至將旋律拉高八度；「捏這」之腔，葉譜較《大成》多了將近一板的長度，故在「$\dot{6}$1……21」之間，延伸出先上行的「2356」；「奈煩也天」的變化較多，葉譜「奈」字的腔較《大成》短，且直接從「Sol（5）」音出口，「煩」字之腔，葉譜則從《大成》「奈」字的「Do（1）」音起唱，且將《大成》「123」之後的上行旋律，易爲下行，從「煩」字後半的「Re（2）」音開始，一路下行至「Mi（3）」音，方在「也」字的後半開始上行，葉譜「奈煩也天」的音域較《大成》爲廣，起伏更爲明顯；「咱噥這口」，葉譜亦較《大成》多一板，不僅將「咱噥」兩字之腔移高，較《大成》相差四度，更將「這」字高唱，向上延伸至「Do（$\dot{1}$）」音出口，最後從「Sol（5）」音陡然一落，下接「口」字的「La（6）」音，葉譜「咱噥這」的音區較《大成》向上延伸，僅「口」字之腔相同，故音域亦較廣。

　　以上從改變板式、騰挪板眼，將行腔移高或移低、上行或下行延伸等方面，說明曲腔變化的主要手法，分而言之，各項作法並不複雜繁難；然而，由於諸譜

《四夢》牌調，在一隻曲子甚至一個腔句之中，可能並用各種手法，故曲腔之細節多見參差，然仔細分析，即可知多數曲牌的音樂框架並無二致。不過，在比較諸譜《四夢》曲牌時，確實也有部分曲腔構思不盡相同之例，下文將繼續討論。

三、曲腔構思不同之例

綜觀曲腔變化，雖然細節的參差遠多於腔句構思的差別，然而，部分腔句甚至全曲行腔的差異，正可見曲樂活潑的一面，故以下將就變化較多之例討論分析，根據差異多寡，區分為「部分腔句」及「全曲行腔」兩部份，舉例說明。

（一）部分腔句構思有異

1、《邯鄲記・入夢》【賀新郎】

〈4入夢〉【南呂・賀新郎】「羞殺兒家」一曲，見於《定律》、《大成》及葉譜，﹝註69﹞諸譜除小腔不同外，有數句的曲腔變化較大，除將旋律移高或移低之外，觀照前後句，構思亦不盡相同。由於《大成》與《定律》頗為近似，故以下僅舉《大成》及葉譜互為比較：

譜52　【賀新郎】－《邯鄲記・入夢》（《大成》）

﹝註69﹞《邯鄲記・4入夢》【賀新郎】，見《南詞定律》，卷八，冊二，頁249～250；《九宮大成譜》，卷四十九，頁 3781；《納書楹邯鄲記全譜》，卷上，頁 4。按，諸譜皆將第二句之「早蓮腮」誤作「早連腮」，以下曲文據錢南揚校本逕予更正，可參見《湯顯祖集・戲曲集》（上海：上海人民出版社，1973），頁 2301～2302。

譜 53 【賀新郎】－《邯鄲記‧入夢》（葉譜）

5 5 3 5 6 | 6 1 6 1 | 3 2 3 2 | 1 6 5 6 | 6 (6 5 3 3 2 | 1 6 1 3 2 3 | 3 3 5
羞 殺 兒 家 早 蓮 腮 映 來 杯 罩 驟 生 春 滿 堂 如

2 1 6 3 6 5 | 3 5 6 6 6 5 3 3 5 6 1 | 5 6 5 3 3 2 | 2 1 6 5 6 2 1 6 |
畫 人 瀟 灑 為 甚 麼 閒 步 天 台 看 晚

5 6 1 1 2 3 2 | 1 3 2 3 2 1 | 6 1 2 1 6 | 6 6 5 6 1 | 5 6 5 3 5 2 |
霞 拾 的 個 阮 郎 門 下 看 他 低 低 笑 輕

2 3 2 1 6 | 5 3 5 6 1 | 1 3 2 1 6 1 1 2 | 2 3 2 1 6 | 5 6 5 6 1 |
輕 哈 剛 逗 著 文 君 寡 雲 雨

1 2 1 6 6 1 6 | 2 2 3 2 1 | 2 1 0 ‖
事 你 也 休 驚 怕

　　取葉譜之腔與《大成》相較，有的較為舒展，有的則壓縮音域，且有幾處是與前後腔句的銜接相關，以下分別析述：

　　（1）第二句的「映」字，《大成》將腔訂為「６５」，在該句之中驟然高起，略顯突兀；葉譜則僅取「Mi（3）」音，這一字之別，不但使葉譜「映來」之腔，因旋律乃重複「３２」而成，較《大成》流暢，且使這一句的音域壓縮在「Mi（3）」至「Sol（５）」之間，委婉而掩抑的行腔，頗切合崔氏新婚，含羞帶怯的口吻。

　　（2）第三句的「驟生春滿堂」，其中「驟」字，《大成》已較第二句的尾音揭高，相差五度，但葉譜則一口氣拉高八度，強調倏地成就佳偶的驚詫，以下「生春」兩字，亦較《大成》為高，至「滿堂」的「１６１３ ２３」，方逐漸接近《大成》「６１ １２」之腔；但葉譜第三句的旋律，在「３２」與「２３」的連貫下，較《大成》的更具起伏且圓潤動聽。

　　（3）第六句的「拾的個」，葉譜的構思是與前一句略有區隔，故「拾」字之腔為「Do（1）」音，而非如《大成》，延續前一句末「霞」字的尾音「La（６）」，又其後的「拾的個」亦較《大成》之腔略高。

（4）第七句的「輕輕哈」，第一個「輕」字，兩譜相同，但第二個「輕」字，葉譜乃將《大成》之腔簡化爲「１６̣」；而「哈」字，葉譜之腔較《大成》爲低，也更繁密，譜爲「５３５　６̣」，而不僅是「La（６̣）」音，如此一來，「輕哈」兩字的腔即較富變化，而不像《大成》連續唱兩個「La（６̣）」音。

（5）第八句的「剛逗」，《大成》訂爲「剛剛逗」，乃以較高之腔「５５　６５」譜之，較前一句末的「哈」字相差七度，頗爲突出；然葉譜則不特別作腔，僅以「１　１３２１」出之，與前後旋律平滑連接，當是爲了烘托崔氏把酒輕聲訴懷的氣氛。

由上舉的五處差別，可見葉譜構思此曲之腔句時，主要有二種考量：一爲銜接流暢，既讓各腔句起伏自然，不刻意凸顯某個字詞，但於句與句之間，又能有所區隔，至少換句時避免連續同音之腔。二爲以音樂來烘托劇情，此乃是新婚合巹時夫人所唱之曲，在這甜蜜又不免羞澀的情境，葉譜盡量使傾吐愛慕之情的唱段不致過於平淡，故於腔句之內的旋律、適合作腔處，多有變化因應。

2、《牡丹亭‧魂遊》【黑麻令】

〈27魂遊〉【黑麻令】「不由俺無情有情」一曲，見於《定律》、《大成》、馮譜、葉譜，〔註70〕其中《定律》與《大成》小有不同，而馮譜與葉譜則較爲相近，故以下譜例，僅取《大成》及葉譜互相比較，以見其構思之別：

譜54　【黑麻令】－《牡丹亭‧魂遊》（《大成》）

〔註70〕《牡丹亭‧27魂遊》【黑麻令】，見《南詞定律》，卷一三，冊三，頁267；《九宮大成譜》，卷二十五，頁2229～2230；《吟香堂牡丹亭曲譜》，卷上，頁70～71；《納書楹牡丹亭全譜》，卷上，頁3～4。

譜 55 【黑麻令】－《牡丹亭‧魂遊》（葉譜）

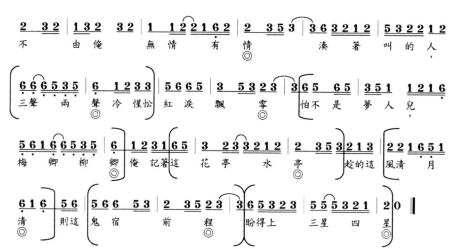

　　兩譜最明顯的差別，在《大成》於各句句首，通常緊接前一句末的韻腳，故板數較少；而葉譜則盡可能讓一句的板數多些，或是句首多一板，或者句末延長一板，以免趕唱不及或過於急促，計在「由」、「情」、「叫」、「風」、「鬼」、「程」等字處，各加上 1 板，共較《大成》多出 6 板。〔註71〕而行腔旋律更有多處不同，以下分述之：

　　（1）第二句的「三聲兩聲」及緊接的第三句「冷惺忪」：《大成》的作法是讓「三聲兩聲」在中音區較低處，「冷惺忪」在中音區較高處，使兩句不但旋律不同，音區也有區隔；但葉譜的作法，更豐富文句間的音區變化，將「三」字之腔壓低至「La（6）」，使「三聲兩聲」在低音區，而「冷惺忪」則在中音區較低處，至「紅淚」方至中音區較高處，葉譜很有層次地安排每個詞組的旋律逐漸上行。

　　（2）第四句，《大成》從「怕不是」至「柳卿」，音域侷限在「La（6）」音至「Mi（3）」音之間，且與第三句末「飄零」及第五句整句的音區一致，行腔雖然平穩，惜略微呆板；葉譜的作法則流暢多了，「怕不是」的主要在「La（6）」音，「夢人兒」主要在「Do（1）」音，「梅卿柳卿」主要在「La（6）」音，故整句的旋律乃逐漸下行，恰與上二句的逐漸上行的旋律相反，連貫下

〔註71〕【黑麻令】，《定律》註記有「十九板」；《大成》者共有 17 板；葉譜者共有 23 板。按，關於「減板」的作法變化，可參考洛地：《詞樂曲唱》（北京：人民音樂出版社，1995），第二章第三節，頁 103～112。

來，則頗見高低抑揚。

（3）第五句的「這花亭水亭」，《大成》安排在中音區偏低處，唯「水」字低至「La（6）」音，與前後句的音區一致；而葉譜此句的主要旋律，雖也不出「Do（1）」、「Re（2）」、「Mi（3）」三音，但在「這」字、第二個「亭」字，出現「La（6）」音、「Sol（5）」音，雖然所占的時值甚短，但可使腔句略見波折。

（4）第六句的「風清月清」、第七句的「鬼宿前程」，兩譜的主要差別在結音不同，《大成》兩句的結音相近，一為「Do（1）」音，一為「Re（2）」音；然葉譜一為「La（6）」音，一為「Mi（3）」音，如此更可區隔兩句的行腔。

（5）末句「盼得上三星四星」，葉譜除落腔與《大成》相同，仍在「Re（2）」音外，整句的旋律乃銜接第七句「鬼宿前程」而下，音區較《大成》為高，幾個「Sol（5）」音，使得樂曲結束前，還有較能吸引人的小腔，善於描摹杜麗娘真切的期待之情。

由上舉的數處差別，可知葉譜在構思腔句時，希望能讓此曲較為舒展，故在格律譜所定板數之外，於句首或句末宜下板處，共增入 6 板，諸句皆毋需趕唱，又用心安排曲腔，不但一句之內旋律有些起伏，句與句之間有的是順勢上行或下行連接，有的是以不同的音區分隔，總使行腔更為婉轉動聽，而非若《大成》以平穩的腔調應對緊湊連接的字句。

（二）同一曲牌，曲腔相異

在比較諸譜《四夢》曲牌的過程中，最令筆者驚詫的，是少數同名牌調，即使為相同的曲文訂譜，曲調卻判然二分；類似的情形，上一節討論【南呂·大迓鼓】時已曾提出，此處再舉曲文一致者說明，更可見曲樂流傳的不同脈絡。

1、《牡丹亭·歡撓》【黃龍衰】

〈30 歡撓〉【黃鐘·黃龍衰】，原題【滾遍】，諸譜正名為【黃龍衰】，共有「這更天一點鑼」、「畫屏人踏歌」兩曲，見於《定律》、《大成》、馮譜、葉譜，〔註72〕除《定律》僅錄第二曲，且因改作集曲，題【金龍滾】外，餘兩

〔註72〕《牡丹亭·30 歡撓》【黃龍衰】，見《南詞定律》，題【金龍滾】，卷一，頁 232；
　　　　《九宮大成譜》，卷七十，頁 6025～6026；《吟香堂牡丹亭曲譜》，卷上，頁
　　　　83；《納書楹牡丹亭全譜》，卷上，頁 3～4。

曲皆收，均題【黃龍袞】。至於各譜的曲調，除《定律》與《大成》不同外，大抵葉譜近於《定律》、馮譜近於《大成》，故以下譜例，僅錄葉譜及馮譜之第二曲互爲對照：

譜 56 【黃龍袞】－《牡丹亭・歡撓》（葉譜）

3 5 6̇	6̇ 61	2 3 2	6̇ i 3	3 3 5	6 i 16 5	111 3 2 2
畫 屏 人 踏	歌		畫 屏 人 踏	歌		曾 許 你 這 書 生

3 2 1	6 6̇1	6 5 3 5	3112 3 5 2	1 6 5	6̇ 2 i	6 5 3 3 1 1
和	不 是	妖 魔	甚 影 兒 望 風	躲 這 妙	姪	婆 秀 才 家

1 1 1 2 2 16	5 2 1 2 3 5	6 1 3 6	1 2 1 5 3	3 5 6 i6	5 6 0 ‖
隨 行 的	香 火 俺 寂 靜	裏 暗 祈 求	你 莽	邀	喝

譜 57 【黃龍袞】－《牡丹亭・歡撓》（馮譜）

2 16	66̇	1 2 16	2 3 2 3 5 5	6 5 3 1 2 3 2	1 2 1 6 5 6 6
畫 屏	人 踏	歌	曾 許 你 書 生 和	不 是 妖	魔 甚

5 3 3 5 6 1 5 6	3 5 6 i6 5	3 3 2 1 6 3 5	3 3 3 6 5	6 5	3 16 1 2 1
影 兒 望 風	躲 這 妙	姪 婆 秀 才 家	隨 行 的 香		火 俺 寂 靜

6 1 2 5̇	6̇ 1	2 3	3 2 2 3 5	6 5	3 0 ‖
裏 暗 祈 求	你 莽		邀		喝

　　先從「落腔」來看這兩曲的差別，葉譜各句的結音頗不一致，馮譜的主要結音爲「Mi（3）」音，其次爲「La（6̇）」音，若逐句比對落腔，僅有「求」字落在「Do（1）」音，兩譜是相同的，故從全曲的框架來看，實無相同之

　　按，《定律》將此曲題爲【金龍滾】，乃因集入【滴滴金】四至六句，關於【黃龍袞】是否需改作【金龍滾】，第三章第二節略有討論，可以參看。
　　按，《善本戲曲叢刊》版的《九宮大成譜》，於【黃龍袞】缺一頁，正好是〈歡撓〉的部分曲文，故本文所據曲譜，乃出自劉崇德校譯：《新定九宮大成南北詞宮譜校譯》（天津：天津古籍出版社，1998），第八冊所附之原工尺譜，見頁 1527。

處。再看旋律走向，最明顯的差別在第二、三句，葉譜凸顯的是「不是妖魔」一句，故將腔安排在中音區稍高處，而馮譜則在「書生和」處作腔，故這幾字是前後句中旋律最高者；然而，有些腔句雖然旋律及落腔不同，但高低走勢卻相仿，如「甚影兒望風躲」一句，大致上一路下行，僅「望」字之音略高，此類情形當與配合字調有關。

　　然而，【黃龍袞】的兩種曲調，恐怕不僅是訂譜者依字行腔的差異，而仍有其流傳脈絡，若取《定律》與《大成》所錄的其他【黃龍袞】例曲〔註73〕相較，即可看出兩種曲調同時流傳：《定律》收錄 2 曲，曲調與上引葉譜之例大致相同；《大成》共收 10 曲，除《牡丹亭‧歡撓》的兩曲曲調如上引馮譜外，其餘則與《定律》者相仿，是則當在乾隆初年，曾爲【黃龍袞】另創曲調，並一度流行。至乾隆晚期，馮譜及葉譜在爲〈歡撓〉譜曲時，乃就【黃龍袞】流傳的曲調，各自選擇一種譜入。

　　2、《牡丹亭‧驚夢》【鮑老催】

　　〈10 驚夢〉【鮑老催】「單則是混陽蒸變」一曲，爲花神所唱，見於《大成》、馮譜、葉譜、《遏雲閣》，因馮譜及葉譜於〈驚夢〉外，又收錄俗增〈堆花〉，其中亦有【鮑老催】，故共有 6 曲可互爲參照。〔註74〕馮譜的兩種，與《大成》相較，除末句「紅如片」之腔小異，餘幾乎雷同；葉譜的兩種，〈驚夢〉中的與諸曲不同，〈堆花〉中的則與馮譜一致，亦僅末句「紅如片」之腔略有不同；《遏雲閣》者，基本上與〈堆花〉的相同，然而「這是景上緣……花臺殿」這幾句，則援引葉譜〈驚夢〉腔句之旋律。以下舉葉譜與馮譜〈驚夢〉之【鮑老催】爲例，以見其曲調之不同：

〔註73〕【黃龍袞】，見《南詞定律》，卷一，冊一，頁 178～179；《九宮大成譜》，卷七十，頁 6024～6029。

〔註74〕《牡丹亭‧10 驚夢》【鮑老催】，見《九宮大成譜》，卷二十五，頁 2252；《吟香堂牡丹亭曲譜》，卷上，頁 18、20～21；《納書楹牡丹亭全譜》，卷上，頁 3、卷下，頁 1～2；《遏雲閣曲譜》，頁 1000～1001。按，【鮑老催】爲【黃鐘】曲牌，但可叶入【越調】。

譜 58 【鮑老催】－《牡丹亭·驚夢》（葉譜）

5 5 6 i | 6 i 3 6 5 6 | i | i 6 5 6 3 5 5 2 1 6 1 | 1 6 1 3 3 1 2 3 |
單則是　混陽　蒸　變　　看他似蟲　　　兒般蠢　動把風

3 2 1 6 1 | 2 1 6 6 2 3 2 | 3 2 3 5 3 2 1 3 6 | 6 1 6 5 6 1 |
情　搥　　一般兒嬌凝　翠綻魂　　　　兒

2 1 6 | 2 1 6 6 1 1 3 2 1 | 6 1 6 1 2 1 6 5 6 6 6 1 5 6 1 |
顫　這是景　上　緣　想　內　成　因　中

1 2 1 6 3 | 2 2 3 2 | 1 6 1 2 3 1 2 3 3 2 1 6 1 | 1 5 1 2 1 | 1 2 1 6 5 6 |
見　怕淫邪　展　汗了花　臺　殿　他夢酣春透了怎

6 1 2 3 5 3 | 2 3 6 1 | 6 1 2 1 3 6 | 6 1 6 5 6 1 | 2 1 6 0 ‖
留　連拈花閃碎紅　如　片

譜 59 【鮑老催】－《牡丹亭·驚夢》（馮譜）

0 2 2 3 6 | 3 2 1 2 3 2 | 3 2 1 6 5 6 3 5 | 5 6 3 2 1 2 3 2 | 1 6 2 3 2 3 5 |
單則是　混陽　蒸　變　　看他似蟲　　兒　般蠢　動把風

5 6 3 2 1 2 | 3 6 6 5 6 5 6 | 2 i 6 5 3 5 | 5 6 3 2 1 2 | 3 2 1 3 2 1 |
情　搥一般兒嬌凝　翠綻魂　兒　顫　這是景

1 2 3 5 6 3 2 | 1 2 1 6 | 6 2 3 5 3 2 | 1 2 6 1 6 | 6 1 1 6 5 5 2 |
上　緣想　內　成因　中現　怕

1 3 2 3 3 2 | 1 2 3 2 3 5 | 5 6 3 2 1 2 | 3 2 1 5 6 2 6 | 6 1 1 6 5 6 1 |
淫邪　展汗了花　臺　殿　他夢酣　春透　了怎

1 2 2 3 3 2 | 1 2 2 | 6 2 | 1 6 2 | 3 2 6 1 | 1 2 1 6 5 6 1 | 2 0 0 ‖
留　連待拈花閃　碎的紅　如　片

　　葉譜所訂之腔，若觀察結音，除「緣」字落在「Do（1）」音，與馮譜相同外，其餘各異，如首句「變」字的結音，兩譜相差八度，次句「搥」字的結音，兩譜相差五度，曲牌旋律框架已不盡相同。部分腔句的音區與馮譜差

別頗大：首句之腔，馮譜落在中音區偏低處，但葉譜則多在「La（6）」音、「Do（1）」音上下，一開頭的行腔就十分響亮；第三句之腔，則是馮譜的旋律在中高音區，葉譜則在中低音區；倒數第二句，亦是馮譜的腔高，葉譜的腔低。諸多不同音區的腔句穿插在牌調中，遂使兩曲的旋律走向大爲不同，葉譜首句的高腔雖令人耳目一新，然第二句的「看他似」之後，其餘幾乎都在中低音區；馮譜的首句看似平淡，然全曲的起伏則較爲頻繁，在以中低音區爲主的曲腔中，安排某些字句以「Sol（5）」、「La（6）」爲主構成旋律，如第二句的「看他似」，第三句的「一般兒似嬌凝翠綻」，倒數第二句的「他夢酣春透」，則腔句之間較具抑揚變化。綜觀兩曲，雖然在第二句及末句等部分的曲腔亦可疊合，然而整體構思、旋律線條、凸顯的腔句是不一致的。

　　這也是馮起鳳與葉堂，各擇一流行的【鮑老催】曲調來譜寫嗎？再取《定律》選錄的 3 曲、《大成》的 6 隻例曲爲參照，〔註75〕可知【鮑老催】本爲旋律起伏不大之曲牌，葉譜〈驚夢〉之曲雖已有些變化，但仍與格律譜所訂者相彷彿；而馮譜第三句、倒數第二句所作之腔，則頗見新意。故諸譜所收的六曲【鮑老催】，除葉譜〈驚夢〉者按一般曲調訂譜外，其餘皆屬時俗〈堆花〉新訂的曲調，其中馮譜更是在〈驚夢〉即已採用〈堆花〉之【鮑老催】；這一新訂曲調尚未見於其他戲齣，當屬劇壇因應〈堆花〉的繽紛熱鬧，特將【鮑老催】的曲調推陳出新，相當程度上跳出曲牌原本的旋律框架，重新譜寫而成，在傳承有緒的曲樂脈絡中，凸顯了牌調活潑變化的一面，而由於《大成》即已錄入【鮑老催】的新曲調，故推想這一創新之舉，至遲於乾隆初年即已完成，甚至定型，遂被收入曲牌格律譜中。

　　本節的初衷，乃源於筆者好奇《四夢》曲牌的傳唱，自《定律》至《遏雲閣》，150 年來，是聲聲遞續，或隨時推移？而諸譜記錄的曲腔，彼此之間同異如何？整體而言，諸曲的流傳，可以「大同小異」來概括，相同的部分，主要是除了《牡丹亭・驚夢》【鮑老催】、《牡丹亭・歡撓》【黃龍袞】等少數曲牌，確實可見判然兩分的曲調外，其餘仍維持一致的樂曲框架；差異的部分，則在深入比較諸譜後，除了曲譜本身記載詳略不同外，每每可見小腔等細節多有參差之處，不妨將變化趨勢歸納如下：（1）一字之內的行腔更爲豐

──────────

〔註75〕【鮑老催】，見《南詞定律》，卷一，冊一，頁 163～164；《九宮大成譜》，卷七，頁 5973～5977。

潤，蔓衍旋律之外，字與字之間的行腔過渡，銜接得周密而圓暢。（2）句與句之間的銜接，在上一句的落腔之後，下一句出口之字，彼此音程之間往往呈現跳進關係，以使句韻段落更爲清晰。（3）每一曲牌的板眼佈局，馮譜以下往往安排地更爲通達入情，其間的差異，固然由於《定律》、《大成》乃是曲牌格律譜，本就爲勘訂字句曲式而設，雖已涵蓋新聲，但畢竟以「定式」爲重；而馮譜等戲曲工尺譜，觀其訂定的曲牌音樂，已逐漸融入戲齣的情感之中，故板眼的挪移、板式的安排皆可見新意，乃以「活用」爲旨，盡量配合劇情起伏，故於曲律難免有些游移。這些細節的變化，即使在幾乎同時同地刊行的馮譜與葉譜中，運用也不盡相同，除了訂譜者各具匠心，也頗能代表乾隆時期，曲樂在承續前人曲腔之餘，活潑變化的一面。至於《遏雲閣》，由於此譜本據葉譜校正，〔註76〕故雖增入小眼，以符號明確標示豁腔、撒腔唱法，且於小腔上不乏增刪，然差異之處甚微，遠不如《大成》至葉譜紛繁的變化脈絡。

第三節　從《四夢全譜》探討曲樂相關問題

繼前兩節探討《四夢全譜》於相同曲牌配合劇情的音樂處理、自《大成》至《遏雲閣》，150 年間《四夢》牌調曲腔的變化後，本節將續爲探討在分析《四夢全譜》過程中涉及的相關曲樂問題，主要有三個部分：一爲曲文字聲與曲腔旋律的關係，此乃起於對「依字行腔」的困惑；二爲曲牌行腔與固定曲調的關聯，源於筆者對安腔訂譜的好奇，雖然以《四夢全譜》爲主要討論對象或不足以觀照整個曲樂文化，然而，葉堂爲湯顯祖文采情思粲然，卻又未盡合律之曲文訂譜，既秉承曲樂一貫作法，亦屢見新意，當更能凸顯訂創思維與文樂關係；故本節最後即以《四夢全譜》積累的曲腔譜法，縮結全書對《四夢全譜》之關注與研究。

一、曲文字聲與曲腔旋律

本段將先評述時賢「依字行腔」之相關論述，作爲下文討論的基礎，繼而舉《四夢全譜》之例，說明曲腔旋律固可聲隨字轉，然亦有其限制。

〔註76〕見《遏雲閣曲譜》〈自序〉：「家有二、三伶人，命其於《納書楹》、《綴白裘》中細加校正，變清宮爲戲宮，刪繁白爲簡白。」（頁1）

（一）相關論述成果

歌者依曲牌原本樂調歌唱的現象，至明末已大爲改觀，沈寵綏《度曲須知·絃律存亡》即記述當時歌曲已不盡合古調，同一曲牌，唱法不只一種，此乃源於歌者爲正字音，不顧譜律；〔註77〕故從文、樂的主體性而言，實已發展至音樂依隨曲文，甚至依字聲行腔。

在崑曲音樂的研究中，字聲與行腔的關係，尤其在南曲曲牌，始終是焦點，且關注的面向從「字」擴展至「腔句」，甚至是「曲牌」，如：朱堯文〈譜曲法〉，於四聲譜法有詳盡說明，製有「單字正音譜法表」、「衍腔表」作爲譜曲門徑，又舉例說明不同字聲之音節聯繫，其將以單音譜單字，音度由高而低的次第列敘並說明如下：

陰去聲	陰平聲、陰入聲、陽去聲	陽平聲、陽入聲、陰上聲、陽上聲

陰去譜的音度，應該比其他各部都高；陰平等三部，又比陽平等四部高。其高低之相差，大致是一個音度。但也不能一概而論，因爲還有曲調上的種種牽制哩。〔註78〕

朱氏清楚說明南曲陰陽八聲在曲腔中呈現的高低差異，簡而言之，去聲高，上聲低，上表雖然將陽平聲與上聲的高低歸爲一類，但實際譜例及歌唱中，上聲字在「嘌腔」或「嚯腔」唱法中落下的腔通常是最低的。朱氏也指出依字行腔雖是原則，但可能受到曲調的牽制，故在所譜之腔未能盡合字聲時，也可由唱法來補救，凡此皆可爲下文論述之基礎及參照。

於依字聲行腔論述甚詳且關涉最廣的，當推洛地，其所論有兩個主要部分：一爲《詞樂曲唱》論「字腔」、「過腔」與「腔句」，〔註79〕二爲〈魏良輔·湯顯祖·姜白石——曲唱與曲牌的關係〉再論「字唱」對曲牌的瓦解。〔註80〕

〔註77〕〔明〕沈寵綏《度曲須知·絃律存亡》，見《中國古典戲曲論著集成》（五），頁 239～242。

〔註78〕朱堯文：〈譜曲法〉，於《戲曲月輯》第一卷連載，目前尚可見者有：第一輯（1942.1），頁 73～82、第二輯（1942.2），頁 175～184、第四輯（1942.4），頁 339～342、第五輯（1942.5），頁 397～405，表見頁 81、398。「單字正音譜法表」見頁 81；「衍腔表」見頁 398；上述引文見頁 340。

〔註79〕見洛地：《詞樂曲唱》（北京：人民音樂出版社，1995），第三章〈曲唱的旋律——腔〉，頁 133～230。一併註記以下相關引文的出處：「腔格」的解釋見頁 134；腔格表見頁 142，原表中還有例字及行腔示例，爲更簡要，從略；「過腔」的說解見頁 143；腔句構成見頁 170～177。

〔註80〕見洛地：〈魏良輔·湯顯祖·姜白石——曲唱與曲牌的關係〉，《民俗曲藝》第

洛地曾將字腔「腔格」（即「字腔之行腔格範」）製爲一表，可見平聲字的陰陽明顯有別，上聲字在實際行腔中已不分陰陽，去聲、入聲之陰陽略有小異，該表簡明扼要，節錄如下，可爲下文討論葉譜處理字腔之參照：

表 24　字腔「腔格」表（節錄自洛地《詞樂曲唱》）

| 四　聲 | 陰 | 陽 | 上聲 | 陰 | 陽 | 陰 | 陽 |
	平聲			去聲		入聲	
行腔特徵	高平，單長音	級進上行	驟降，後升	升，後下行		斷	
行　腔　線	—	╱	╲	╱	╱	╲	▼

　　洛氏的貢獻在提出「過腔」——「字腔」與「字腔」之間（經）過（連）接性質的旋律片段，其將一字之腔，分爲出口有一定格範的「字腔」與連接下一字的「過腔」，而「腔句」即由此二者構成，其審視腔句的構成後，提出以下觀點：「結音相同、文詞四聲陰陽相同的，其腔句雷同」、「相同的腔句用唱眾多不同曲牌中的文句」、「不同的腔句唱相同的曲牌的文句」等。此論不僅廓清南曲蔓衍之腔的內部結構，也強調同樣聲調之字，只有一種腔格，其餘皆爲過腔；更從結音相同、相同字聲組合的腔句往往雷同，來解釋相同的腔句往往可見於不同的曲牌，同理，相同曲牌的文句因爲字聲、甚至板眼差異，則導致腔句不同，此乃從「字唱」發揮，極力外拓延伸，試圖釐清纏繞糾葛的曲腔關係。洛氏的另一創見乃在提出當依字聲行腔的「字唱」強化了「腔句」的獨立性，與原本牌調的格式產生矛盾，遂對「曲牌」產生了某種瓦解作用，並由此探討湯沈之爭的實質，乃在湯顯祖認爲創作曲文未必需要遵行沈璟所謂的曲律。[註81]洛氏諸論凸顯了自魏良輔以來，字唱的關鍵作用，及腔句瓦解曲牌的趨勢，然而，現存曲牌格律譜及戲曲工尺譜中，腔句互爲雷同的現象固屬常見，但這些是否足以鬆動曲牌由句式、點板、落腔等支撐的結構？曲牌的存在與音樂表現，亦爲不可忽略的事實，若將《四夢全譜》視爲對晚明湯沈之爭的某種回應，那麼葉堂的訂譜，果然只見腔句，不見曲牌嗎？此將於下文析論之。

　　專門討論「依字行腔」者，尚有鄭西村《崑曲音樂與塡詞》，[註82]鄭氏

一四十期（2003.6），頁 5～31。該文部分內容可見於《詞樂曲唱》第三章，然此處的闡釋更爲細膩而集中。

〔註81〕見洛地：〈魏良輔‧湯顯祖‧姜白石——曲唱與曲牌的關係〉，本段文字乃鈎稽洛氏重點而成。

〔註82〕見鄭西村：《崑曲音樂與塡詞》（臺北：學海出版社，2000），乙稿‧第二章〈倚

觀照的重心在行腔上，與洛氏的見解不盡相同，亦未廣爲涵蓋，但自有精到之處，鄭氏首先提出：經由實際演唱所獲致之「腔」，與「腔所依據的『曲調框架』」，即所謂「腔格」不同，故所謂倚定腔度曲，並不是所度之「腔」相同，而是「腔格」相同，並認爲曲牌有「節奏框架」爲點板依據、「旋律框架」爲依字行腔準繩，其將行腔分爲兩類：一爲樂段特具的風格腔、固定連接腔，是屬於宏觀控制的，比較定型；二爲字腔、節腔、句腔，是屬於微觀的，具可塑性，故變化頻繁。鄭氏之說的特點，乃在其認爲曲牌具有相當的框架，這一框架的組織，除了旋律，更包括節奏，故在討論固定行腔時，就提出由點板構成、由特定字聲構成、固定在某小節出現的、固定寄託於某字過腔等四種情形；而既曰依字行腔，那麼隨著字聲不同，其出字、過腔、收韻固然有別，即使同樣字聲，在不同小節、不同詞組，高低亦未盡相同，遂造成旋律的可塑性。如此一來，從構成曲牌的字、節、句等，解釋了同名曲牌行腔「大同小異」的緣由，既未忽略曲牌框架存在的事實，亦展現旋律變動的多種可能，當面對腔韻紛繁的曲牌，鄭氏求同存異之說頗有助於掌握門道，除了提示旋律同異，更著眼於板眼及字位在曲牌中設置的情形。

　　除了上述兩家頗具見地，且可互爲補充論證之說外，其餘與依字行腔相關，較具代表性之論述，如：孫從音《中國崑曲腔詞格律及應用》，[註83]臚列南、北曲各種字聲組合之例，頗便翻檢；王正來〈關於崑曲音樂的曲腔關係問題〉，先談四聲腔格，再以南【南呂‧懶畫眉】曲牌爲例，詳盡分析曲牌與唱腔的關係。[註84]俞爲民〈南北曲曲調字聲與腔格研究〉，在以南曲字腔爲主的研究中，亦觀照北曲字聲與腔格。[註85]

　　（二）「依字行腔」的應用：適應平仄

　　繼時賢對依字行腔的研究之後，筆者的疑問在於：一曲的旋律，果然是逐字逐句依字聲行腔而成？行腔固然以準確傳達字聲爲原則，但現存曲譜中，不完全依字行腔者，原因何在？故以下擬從兼具訂譜與創作意義的《四夢全譜》中，考察依字行腔的應用及侷限，切入點有二：前人批評湯顯祖曲文不合平仄

　　　　定腔度曲〉第二節「依字行腔」，頁145～204。框架的說法見頁145。
〔註83〕孫從音：《中國崑曲腔詞格律及應用》（上海：上海音樂出版社，2003）。
〔註84〕王正來：〈關於崑曲音樂的曲腔關係問題〉，見《戲曲研究通訊》第二、三期（2004.8），頁26～51、《藝術百家》2004年第三期，頁50～63。
〔註85〕俞爲民：《曲體研究》（北京：中華書局，2005），頁271～317。

的問題，在葉譜中是否得以有效解決？湯顯祖曲文平仄穩妥之處，旋律是否確能吻合字聲？並由此繼續開展下一部分關於曲牌行腔與固定腔調的討論。以下先論依字行腔的應用。

　　本段的寫作，乃摭取《南詞新譜》舉湯顯祖曲文爲式，卻批註其平仄不叶處，觀葉堂如何安頓曲腔，並舉平仄合律之句互爲對照。

　　《南詞新譜》卷一引《南柯記·5宮訓》【仙呂·粧臺帶甘歌】，並註記第三句「獻釵頭金鳳朵」、第五句「也知妹子無他敬」之中：「『頭』字改仄聲，『鳳』字改平聲，『他』字改仄聲，乃叶。」此曲爲集曲，第三句乃出自【仙呂·傍粧臺】第三句，第五句乃出自【仙呂·八聲甘州】第五句，以下舉葉譜所訂之腔爲例，並自《大成》中取板式相同、平仄、旋律相近者互爲比較。〔註86〕葉堂將第三句之腔譜爲：

3　2 1 2 | 5 5 6　3 2 1 6 | 1 2

獻　釵頭　　金鳳　　　　　　朵。

舉《大成》【傍粧臺】《綱常記》第三句之例參照：

1 2　3 6 3 2 | 6 6 5　3 5 | 3 2 1

玉　露隆　滋　　佳　豔。

雖然《南詞新譜》認爲「頭」字應改仄聲，「鳳」字應改平聲，但葉堂依字行腔譜來，亦頗諧適：「頭」字之腔，與《大成》的「降」字相較，不過是改「３２」爲「１２」，即可表現陽平聲；「鳳」字則將字位移前至陰平字之末，承續較高之腔，再下行以便接續最末需低唱的上聲字「朵」，稍微挪動工尺及字位，這句腔已無所謂不叶，依舊譜得順口可歌。再看葉堂如何譜第五句「無他敬」：

| 3　5　6 · 2̇ 1 6　5 | 5

無 他　　敬◎

舉《大成》【八聲甘州】《牡丹亭》第五句之例參照：

| 1̇ 6 · | 5 6　5 | 5

吠 杏　花◎

<hr />

〔註86〕　【粧臺帶甘歌】見《南詞新譜》，卷一，頁156；《納書楹南柯記全譜·5宮訓》，
　　　　　卷上，頁2。【傍粧臺】，見《九宮大成譜》，卷二，頁359。【八聲甘州】，見
　　　　　《九宮大成譜》，卷二，頁404。

此句除了《南詞新譜》認爲「他」字應仄聲外，「敬」字諸曲所押皆爲平聲韻，但亦無礙葉堂訂譜，「他」字較《大成》的「杏」字略低即可；「敬」字既是揭高唱的去聲字，出口唱「Re（2̇）」音後再下行，落腔依舊在「Sol（5）」音，並無拗口之撼。

　　《南詞新譜》卷二十三引《牡丹亭・13 訣謁》【仙呂入雙調・桂月鎖南枝】，並註記第二句「種園家世」、第四句「也和你鞠躬盡力」之中：「『種』字、『盡』字，俱改平聲，乃叶。」第七句「道你滕王閣」之中：「『王』字改仄聲，乃叶。」此曲爲集曲，第二、四句乃出自【仙呂・桂枝香】第二、四句，第七句乃出自【雙調・鎖南枝】第六句，以下舉葉譜所訂之腔爲例，並自《大成》中取板式相同、平仄、旋律相近者互爲比較。〔註87〕葉堂將第二句之腔譜爲：

｜6 1̇ 5 6 5｜6 5 3

　　種　園　家　世◎

舉《大成》【桂枝香】《玉簪記》第二句之例參照：

｜3 5 6 5 5 3 5 3 2｜1 2

　　雲　遮　殘　月◎

《南詞新譜》指出「種」字宜改平聲，然而，葉堂將「種」字依去聲字揭高的譜法，依舊可與下一字銜接，只是將《大成》「雲遮」之間，級進上行的譜法，易爲「種園」處的跳進下行。再看葉堂第四句之「鞠躬盡力」，作法爲：

｜5 6 5 6 5 3 2 1｜1 5 3 2 3 2 1 6 5｜6 1

　　鞠　躬　　盡　　　力◎

舉《大成》【桂枝香】《玉簪記》第四句之後半作參照：

｜3 5 6 5 3 2 1｜6̇ 2 3 2 1 6｜5 6

　　誰溫　誰　熱◎

《南詞新譜》指出「盡」字宜平聲，然觀《大成》「誰」字之例，兩者的差別只在出字之腔，過腔除了「盡」字爲銜接下一字而多一尾音外，餘則一致：「盡」爲去聲字，故一出口即揭高，繼而下行；「誰」爲陽平聲，故出口唱「La（6̇）」

〔註87〕【桂月鎖（上）南枝】，見《南詞新譜》，卷二十三，頁 755；《納書楹牡丹亭全譜・13 訣謁》，卷上，頁 1～2。【桂枝香】，見《九宮大成譜》，卷二，頁 365。【鎖南枝】，見《九宮大成譜》，卷六十三，頁 5230。

－263－

音，接著上行以表現陽平之字聲。再看葉堂將第七句「滕王閣」之腔譜爲：

$$\underline{6\ 5}\quad \underline{6\ 1\ 2}\ |\ 1\ \text{—}$$

滕　　王　　　　閣。

舉《大成》【鎖南枝】《殺狗記》第六句爲參照，此曲無贈板：

$$\underline{2\ 3\ 2}\ |\ 1\ \text{—}$$

爭<u>似</u>　　我。

《南詞新譜》認爲「王」字應改仄聲，葉譜因應這句收在「Do（1）」音的短腔，略一微調，將《大成》「爭似」較高之腔調低，使「滕王」出口皆唱「La（$\dot{6}$）」音，「王」字以「$\underline{6\ 1\ 2}$」上行之腔表現陽平字聲，即可兼顧字腔與腔句。

　　上文將《南詞新譜》批評湯顯祖曲文平仄不叶之處，取《四夢全譜》訂定之腔參看，可見所謂「不協律」之處，並無「不合樂」的問題；沈自晉站在謹守曲牌字句聲律的立場，糾謬勘正，然而，這些句中平仄有異處，並非牌調慣用的字調或點板所繫，故葉堂稍微著意，即可依字行腔，如將原爲平聲字處，略微移高，改譜去聲字腔等，不僅歌來毫無扞格，甚至較長之腔，在調整出口字腔後，還可援用舊有的過腔旋律，亦不致與一般合律的腔句相差太多。

　　（三）「依字行腔」的侷限：句末之字

　　遇句中不協律之字，可改變行腔，以準確傳達字聲；然而句末之字，尤其逢韻腳處，卻未必能依字行腔，試舉數例說明：

　　《牡丹亭・12尋夢》【仙呂・玉交枝】，第四句末之「青天」兩個陰平字，葉譜爲：

$$|\ \underline{6\ 1\ 2\ 1\ 6}\quad \underline{5\ 6}\ |\ 6\quad \underline{1\quad 2\ 1}\ |\ 6$$

白　　　　日　　　青　　　天◎

「青天」是同一小節內的同一詞組，出口之腔的音高應該是相當的，〔註88〕然「天」字卻譜得彷如低唱的上聲字調，何以如此？緣於【玉交枝】此句通

〔註88〕鄭西村曾提出：「從四聲陰陽來看出字……限於同一小節同一辭組內相對而言。」見鄭西村：《崑曲音樂與填詞》，乙稿，頁165。

常落在「La（6）」音，《大成》舉《琵琶記》爲例，「衣穿」兩個陰平聲字的
譜法亦是如此；【玉交枝】並非腔板繁多之曲，無可緩衝，葉堂於《南柯記・
2 俠概》第二曲【玉交枝】第四句末的「知秋」，譜法亦同上，確係配合韻腳
慣用結音。〔註89〕

　　《牡丹亭・30 歡撓》【正宮・白練序】，末句最後一節的「根科」兩個陰
平字，葉譜爲：

|２３２　１６　５３５　６|６１　２　３２　１|６１　６
　花　　　有　　　　根　　　科◎

「科」字出口的「La（6）」音，卻與同一詞組內、同爲陰平聲的「根」字相
差四度，仍緣於此曲的末韻落在「La（6）」音，且末兩字的旋律相當穩定，
不論何種字聲，改變的幅度相當有限，故未必能吻合字聲。再舉《大成》例
曲中末韻收在不同聲調者參照，〔註90〕依陽平、上聲、去聲之次第引述，先
舉《西廂記》爲例，其最末「婷婷」兩個陽平聲字之譜爲：

１２　３２　１６|５６
婷　　　　婷◎

《大成》又舉《荊釵記》爲例，其最末「便了」兩字，一爲陽去聲，一爲上
聲：

１６５　３２　１６|５６
便　　　　　了◎

《大成》又舉《法宮雅奏》爲例，其最末「雷動」兩字，一爲陽平聲，一爲
陽去聲，譜出之腔與字調尙屬相合，此曲無贈板：

１２　３２１６|２１６
雷　　　　動◎

〔註89〕【玉交（嬌）枝】，見《納書楹牡丹亭全譜・12 尋夢》，卷上，頁 4；《九宮大
　　　　成譜》，卷三，頁 518；《納書楹南柯記全譜・2 俠概》，卷上，頁 2。
〔註90〕【白練序】，見《納書楹牡丹亭全譜・30 歡撓》，卷上，頁 2；《九宮大成譜》，
　　　　卷三十一，頁 2750～2753。

由以上例曲可知，不論字聲如何，末韻必得落在「La（6̣）」音，觀《大成》選錄之例，可見【白練序】的末韻並未律定平仄，然而，韻腳結音畢竟爲曲牌的重要音樂框架，不易變動，故即使字聲與行腔不盡相合，訂譜時也無甚餘裕可以調整，只能靠歌者在唱法上略作彌補了。類似的情形亦見於常與【白練序】連用的【醉太平】第三句句末，其末兩字之情形，幾乎與【白練序】末句最後一節相同，即不論任何字聲，譜出來的腔皆頗爲雷同；且此處之腔又與【白練序】最末大體一致，僅舉《紫釵記·48 俠評》【醉太平】第一曲，其第三句末節爲例，〔註91〕以見一般：

| 1 3 2   1 6 5   3 5   6̣ | 6̣ 1   2   3 2   1 | 6̣ 1   6̣
換　　　典　　　金　　　貂◎

「金貂」兩個陰平字，雖在同一詞組內，然而，限於該韻落腔必須在「La（6̣）」音，難以依字行腔，「貂」字出口，遂與「金」字的音高相差甚多。

　　再舉《紫釵記·6 墜釵》【仙呂·園林好】爲例，〔註92〕該齣共疊用 5 隻，其末句的末三字，聲調爲「仄平平」，然未盡能依字行腔，由於該句有疊唱，旋律及板眼略有不同，故以下同時引錄。先舉第四曲末句及疊句爲例，葉譜爲：

| 1 6 1   6̣ 1 | 2 1   6̣ 2 | 2 1 2   5 5 5 3 | 2 3
等的個蓬　閣　院放　星　　槎◎

| 6̣   1 6 | 6 5   3 3 3 2 | 1 2
蓬　閣院 放星　　　槎◎

「放星槎」三字的聲調，分別爲陰去、陰平、陽平。一般而言，陰去聲之腔較陰平聲略高，然末句之「放」字出口僅爲「Re（2）」音；而陽平字出口雖較陰平字略低，然「槎」字出口卻也偏低，至疊句處尤其明顯，同一詞組，「星」字爲「Sol（5）」音，「槎」字卻低至「Do（1）」音，與字聲的行腔規律不合，乃係配合【園林好】曲調落腔所致。次舉其中第五曲末句及疊句爲例，葉譜爲：

〔註91〕 【醉太平】，見《納書楹紫釵記全譜·48 俠評》，卷下，頁3。
〔註92〕 【園林好】，見《納書楹紫釵記全譜·6 墜釵》，卷上，頁1～2。

$$\underset{\frown}{6} \mid 1 \quad \underset{\frown}{6 \, 1} \mid \underline{1 \, 2} \quad \underline{3 \, 5} \mid 3 \quad 6 \quad \underline{1 \, 6} \mid \underline{5 \, 2} \quad 3 \mid 2$$

聞 嗅 著 小　　梅　　花◎聞 嗅 著 小 梅　　花◎

「小梅花」三字的聲調，分別為上聲、陽平、陰平。末句的「小梅花」三字，腔雖甚簡，尚吻合字聲；至疊句處，「小」字卻拔高為「Sol（5）」音，並不依上聲字低唱的慣例譜腔，與其他【園林好】相較，可知倒數第二板往往落在「Sol（5）」音，故此處將近韻腳，已無法顧及依字行腔，恐怕只能在演唱時以「囉腔」口法，示意上聲字格。

　　誠然，以「依字行腔」來概括南曲字聲旋律的構成，足以涵蓋多數曲腔，亦能彰顯準確傳達字聲在曲唱的重要意義；而上文所證曲牌句韻之腔未能吻合字調的情形，也並非俯拾可見；辨析的目的，乃在凸顯曲牌仍有相當穩定的音樂框架，韻腳所在的節讀處即為其重要支點，該處的旋律線幾乎不變，其呼應音樂框架的重要性，實勝於表現單獨的字聲；下文討論曲牌行腔與固定曲調時，將再就曲牌腔句觀照其相對固定的音樂框架。在分析的過程中，韻腳節讀處的行腔與字聲不合者，多因該處腔、板較為精簡，究其原因，乃在沒有足夠的時值可以在字腔之後，又以過腔來彌補其間的差距；設若韻腳之腔長至二板，則即使陰平字之韻腳必須落在「La（6）」音，仍可兼顧字聲表現與音樂框架，最後以《牡丹亭・20 鬧殤》【商調・集賢賓】為例說明，其第一曲之第二句末「秋空」兩陰平字，葉譜訂為：〔註93〕

$$\underset{\frown}{3 \, 5} \quad 5 \quad \underline{2 \, 1} \mid 2 \quad - \quad \underset{\frown}{1 \, 2 \, 1} \quad 6 \mid 6$$

秋　　　　　空◎

由於該句韻字有一頭板及底板，故「秋」字出口後，不但可準確傳達字聲，其後還有足夠的空間表現過腔收韻，故「空」字雖需落在「La（6）」音，但「秋空」相連，出口字音一為「Mi（3）」音，一為「Re（2）」音，尚屬一致，其後過腔作法雖有不同，但「空」字行腔乃在準確表達字聲後，再以過腔處理收韻所需的「La（6）」音。

〔註93〕 【集賢賓】，見《納書楹牡丹亭全譜・20 鬧殤》，卷上，頁1。

二、曲牌行腔與固定曲調

雖然晚明已有格律譜，規範曲牌之句數、句式、字數、平仄、點板等，然聽其音樂旋律，同名曲牌互有同異，丰姿不一，遂使人疑惑曲牌音樂是否有行腔規範，乃至固定曲調？本段仍先回顧時賢關於曲牌行腔與曲調之討論，再從集曲摘句的差異見曲調果有其框架，最後以字聲與曲調的調適綜說曲牌行腔之作法大要。

（一）相關論述成果

時賢關於曲牌行腔與固定曲調的相關論述，各有所重，或者著眼於固定曲調的存在，或者專意於主腔運用，或者強調曲牌之間的混融，除上一段已評述洛地及鄭西村之說外，再回顧其他研究成果如下：

趙景深、俞振飛等在《崑劇曲調》提出：「崑曲曲調，大體上應該說是固定的。但在曲文、劇情、聯套等種種關係影響之下，有時可以變通不固定。」〔註94〕意謂在同一曲牌曲調固定的原則下，當曲文加入襯字、四聲變動，或各齣戲的情緒不同、套中曲牌需與主曲協調等原因，曲調遂有許多變化。此說雖未詳細剖析，然已將曲牌固定曲調及行腔變化之關係，一語道破。

王守泰主編之《崑曲曲牌及套數範例集》，〔註95〕在分析曲牌時，用力最深之處乃在分析「主腔」的出現規律及變通活用，期望藉由樂式等的規範，指導譜曲門徑。其所謂「主腔」，乃「一個曲牌的樂譜裡具有特色的聲腔段落」，該書雖未專門討論曲牌行腔，然從其分析主腔出現之位置及旋律框架，則可知編者瓯於具象化說明曲調特徵及規範，惜其標示的主腔，往往爲一短小的旋律片段，且經常散見於各曲，尚不足以描述一個曲牌的獨特性及固定曲調。〔註96〕

路應昆〈文、樂關係與詞曲音樂演進〉、〈中國牌調音樂背景中的崑腔曲牌〉兩篇文章，〔註97〕談及崑曲曲牌曲、腔關係時，強調不同曲牌的腔調彼

〔註94〕上海崑曲研習社研究組編（署名者有趙景深、俞振飛等）：《崑劇曲調》（上海：上海文化出版社，1958），「固定曲調問題」，詳見頁10～15，引文見頁15。

〔註95〕王守泰主編：《崑曲曲牌及套數範例集》（南套）（上海：上海文藝出版社，1994）；王守泰主編：《崑曲曲牌及套數範例集》（北套）（上海：學林出版社，1997）。以下引文見「南套」，頁64。

〔註96〕如洛地：《詞樂曲唱》，附及「主腔」，認爲此並不能爲曲牌有特定之腔的例證，見頁206～210。

〔註97〕路應昆：〈文、樂關係與詞、曲音樂演進〉，發表於世界崑曲與臺灣腳色——

此混融使用，腔調「共性」已超越曲牌「個性」，故曲牌很難歸納出其「特定」的腔調模式；雖然曲牌腔調有大致輪廓，但這樣的輪廓多不固定，再加上跨曲牌出現的腔調，不同曲牌的之間的腔調輪廓遂模糊難辨。路氏雖認為曲腔有大致輪廓，然更著眼於實際運用情形，指出當腔調組織融通活用於各個曲牌，已難察覺差異。

綜合言之，諸家皆認為：一隻曲牌沒有完全固定的曲調，行腔可隨著不同字聲等情況而變化，這樣的音樂框架，本已不易描繪，更由於曲牌共通旋律互為流動，幾乎遮掩了本身的樣貌，曲腔關係遂難解難分。以下試圖從集曲摘取牌調之差異，略見音樂框架之一二，目的不在訴諸理論，而是藉不同曲牌之行腔，呈現包括節奏、旋律在內的音樂框架，仍具有分別曲牌之意義，雖然某些曲牌腔句之間，不免你中有我、我中有你。

（二）從集曲摘句的差異看音樂框架

本段的寫作，源於比較諸譜將《四夢》不合句律的曲牌改訂為集曲時，若集入的曲牌摘句不同，行腔也確有變化，正好凸顯不同曲牌各有其音樂框架，以下舉數例見之：

《牡丹亭・13 訣謁》「俺有身如寄」一曲，湯顯祖原題【桂花鎖南枝】，本為集曲，但因五、六句仍未妥貼，馮譜改訂為【仙呂・桂花順南枝】，乃集入【桂枝香】首至四、<u>【孝順歌】七至八</u>、【鎖南枝】合至末；〔註98〕葉譜則改訂為【桂月上南枝】，集入【桂枝香】首至四、<u>【月上海棠】四至五</u>、【鎖南枝】合至末；〔註99〕以下引錄其集入摘句不同處的譜例，以見此曲並非僅依字行腔，當集入不同的摘句，亦帶進不同曲牌之板眼、旋律等音樂框架，先舉馮譜【桂花順南枝】五、六句（集【孝順歌】七至八），此為贈板曲：

譜60　【桂花順南枝】五、六句－《牡丹亭・訣謁》（馮譜）

＿＿＿＿＿＿＿＿＿＿＿＿＿＿＿＿＿＿＿＿＿＿＿＿＿＿＿＿＿＿＿＿＿＿

崑曲國際學術研討會，2005；後收入洪惟助主編：《名家論崑曲》（臺北：國家出版社，2010），頁 1011～1038；《中國音樂學》2005 年第 3 期，頁 70～80。
路應昆：〈中國牌調音樂背景中的崑腔曲牌〉，發表於崑曲與非實務文化傳承國際研討會，2007。

〔註98〕　【桂花順南枝】，見《吟香堂牡丹亭曲譜・13 訣謁》，卷上，頁 29。
〔註99〕　【桂月上南枝】，見《納書楹牡丹亭全譜・13 訣謁》，卷上，頁 1～2。

馮譜集入的【孝順歌】，從點板來看，應只有一句，對照《大成》，則為第七句，該句為八字句，中間有讀斷處，﹝註100﹞馮譜此句的節奏與【孝順歌】無異，然將旋律移高八度，韻腳處又為與【桂花順南枝】全曲的結音協調，從「Re（2）」音下行延伸至「La（6̣）」音。再舉葉譜【桂月上南枝】五、六句（集【月上海棠】四至五）相較，此亦為贈板曲：

譜61　【桂月上南枝】五、六句－《牡丹亭·訣謁》（葉譜）

筆者在第三章第二節「重訂集曲」處，已評述葉譜的作法更勝馮譜，此處則從彼此集入的摘句，見其依據不同的音樂框架，並非單純依字行腔而成。先從「節奏」來看，同樣兩句曲文，馮譜前後不足四板，葉譜則可在七板之內施展，其與文詞構成的節奏即各自不同。再從「音區」及「音域」來看，馮譜「鎮日裏」一句之音區較高，介於「Mi（3̇）」至「Sol（5）」的六度之間，主要行腔在「La（6）」音上下徘徊，起伏不大，而「甚日的」一句音區較低，介於「La（6）」至「La（6̣）」八度之間；而葉譜「鎮日裏」一句之音區略低，介於「Do（1̇）」至「Do（1）」八度之間，且高低往復，行腔較具起伏變化，而「甚日的」一句，主要音區在「Mi（3）」至「La（6̣）」五度之間，﹝註101﹞故其音域安排，馮譜是前窄後寬，葉譜則為前寬後窄，且兩者的行腔，除「駝伸背」處，節奏雖異，但旋律線相近，其餘則頗為參差，可見源自不同集曲的摘句，各具音樂構思。

　　再觀《牡丹亭·46 折寇》「問天何意」一曲，湯顯祖原題【玉桂枝】，其集法不詳；馮譜仍題【仙呂·玉桂枝】，註記集入的摘句為【玉胞肚】首至合、【桂枝香】五至八、【鎮南枝】六至八、【桂枝香】九至末；葉譜則改訂為【玉

﹝註100﹞【孝順歌】，見《九宮大成譜》，卷六十三，頁 5233～5235。

﹝註101﹞其中「日」的「Sol（5̣）」音，「駝」的「Sol La（5 6）」音，因非主要行腔，故未列入主要音區內。

桂五枝】，集入【玉胞肚】首至四、【桂枝香】五至八、【五更轉】首至三、【鎖南枝】六至末。以下舉其差異段落的譜例，以見集入不同摘句的曲調差異，先舉馮譜【玉桂枝】後段，「關河困……保揚州」乃集入【鎖南枝】六至八，「濟淮水……與遊說」則集入【桂枝香】九至末，樂譜如下：

譜 62　【玉桂枝】末段－《牡丹亭・折寇》（馮譜）

```
2   13 │2⁻15  5   65│3 3 5 6  5 3 3 6│5   6 5 3│5   3 2 1 2⁻21│
關   河   困  心  事   違也則願  保  揚    州       濟   淮

61 3  5 3 5 6│3 5 i  65│3 5 3 3⁵│2  2 3 1 6 2 3│2 1 6   0 ‖
水  俺 有 一 計  可 救     圍    恨 無 人 與 遊   說
```

馮譜摘句與《九宮》所舉的曲調大體相類，﹝註102﹞然而「心事違……保揚州」，則將【鎖南枝】慣用的旋律移高，不再限於低音區，當是為與以下【桂枝香】主要在中音區的旋律銜接。再舉葉譜【玉桂五枝】後段，「關河困……濟淮水」乃集入【五更轉】首至三，「俺有計﹝註103﹞……與遊說」則集入【鎖南枝】六至末，樂譜如下：

譜 63　【玉桂五枝】末段－《牡丹亭・折寇》（葉譜）

```
1   61│2   161   21│61 356  5 3 3 5│5   21 6 1 6│5⁻6 1  61│
關   河   困    心  事   違也則願 保 揚州 濟   淮      水  俺 有

2 1 3 5 6 3│2 3  2 1 5│6 1 6 6 1│2 1 6   0 ‖
計 可 救   圍 恨 無   人 與 遊   說
```

葉譜摘句與《大成》所舉的曲調大致相同，﹝註104﹞然而【普天樂】第三句，原本的旋律是上行後下行，韻腳落在「Mi（３）」音，但葉堂則下行至「La

---

﹝註102﹞ 【鎖南枝】，見《九宮大成譜》，卷六十三，頁 5228～5232；【桂枝香】，見《九宮大成譜》，卷二，頁 363～365。

﹝註103﹞ 按，此處曲文原為「俺有一計」，葉譜為配合【鎖南枝】句格，乃刪去「一」字，成為「俺有計」，詳第三章第二節「權衡後的幾處改動」之討論。

﹝註104﹞ 【五更轉】，見《九宮大成譜》，卷五十，頁 3925～3927。

（6）」音方收煞，究其原因，當是與其下音域較低之【鎖南枝】銜接更為自然。比較兩譜摘句不同處，除因集入的曲牌不同，分句亦有差異，馮譜將「也則願保揚州濟淮水」一句切割，分屬兩個摘句，馮譜較葉譜多一板，差異即在此處。從兩譜摘句，固然可見【鎖南枝】、【桂枝香】、【五更轉】的不同句段，各有其音樂框架，但分別最鮮明處，則屬「俺有一計可救圍」句，集自【桂枝香】者，由於該曲本就音域甚寬，行腔多變，故馮譜之腔亦頗為靈動，而集自【鎖南枝】者，源於該曲音域較窄，且集中在中低音區，故葉譜之腔僅是平實穩妥，未能烘托杜寶突圍之巧計。

從正曲曲牌的角度來看，每一隻曲牌，甚至曲牌的不同句韻，各有音樂框架，本屬常態，然而當其獨立存在時，彼此差異容或未被凸顯；但當比較為相同曲文訂譜的兩隻集曲，在大體相同的曲調中，卻有一段腔、板迥然有別，細察之，不僅是因為集入的摘句不同，更是因為摘入的曲牌，即使適應的是相同的曲文，卻因框架有別，遂使行腔至此出現變化，不僅文句節讀有異，旋律亦各具丰姿，明顯可見不同曲牌，即使是相仿的句式，亦有各自的音樂框架。其實，集曲不僅為重組曲牌腔句的一種變化作法，更為理解曲牌結構與音樂框架的極佳切入點。上文所舉馮、葉兩譜不同的改訂情形，不僅能看到曲牌結構的拆解與化用，也見音樂框架隨著集曲的摘句進入不同曲牌，更可知各摘句之間，為了彼此銜接流暢，不致扞格不入，部分曲調難免產生變化，或是將旋律高低位移，或是上下行至更能搭配全曲結音處方收煞，這樣的旋律框架或有變形，甚至不易辨識，然而仔細觀察，仍可見其與原曲牌之間，在相對穩定的節奏框架下，彷彿相近之跡；由此亦可推想，即使一隻曲牌之內，在既有的音樂框架之下，可能因為字聲銜接，或者語氣有別等因素，為了順利過渡，部分腔句必得有所因應，行腔遂也不盡相同。下一段，筆者將再就字聲與曲調之間，彼此銜接協調之相關問題進一步闡釋。

（三）曲牌行腔乃字聲與曲調之調適

學者已指出當曲牌相聯成套時，套中之曲必須互相協調，其實，曲樂之中，需要互相協調的，不僅在曲牌之間，於曲牌本身之腔句連接亦是如此。曲文的撰寫，既不同於詞作的倚聲填詞，曲樂的定腔，也並非完全因詞製樂，曲牌的複雜性實緣於此。僅從格律譜中頻繁選錄的「又一體」即

可說明一二，如《九宮正始》例舉同一曲牌的不同格時，往往說明某句字數添減的情形，並重新計算板數，從鈕少雅廣收各種變體入譜，可見曲文伸縮出入的彈性，已爲曲體應用的重要一環，而承載不同體格的曲樂，僅從板數差異來看，即知曲調必有騰挪變化，然而，曲調的原型或樣貌始終無法具體描繪，曲樂誠然變化多端，究竟如何爲曲牌生腔訂譜，古籍文獻可徵的，只有成千上萬的曲牌譜例，一再演繹著曲腔表現，於作法卻隱晦難明，本段不擬建構訂譜之作法，而是企圖藉曲牌文、樂交織的情形，說明其在行腔上互爲牽制、彼此調適的可能因素，及對曲樂發展的影響。

　　基於上文的討論，筆者對曲牌行腔之基本看法爲：曲腔之主要目的乃在傳達曲文意涵，故準確表達用字及語氣是其首要，魏良輔《南詞引正》論「曲有三絕」，「字清」即居其一，〔註105〕然而這除了歌者的唱曲技巧及口法運用，實亦關涉訂譜時是否準確安頓字聲，上文已論證一曲的行腔固以「字正」爲前提，然要處處「依字行腔」幾乎是不可能的，此不宜歸咎爲曲文平仄不合律，畢竟曲律不可能，也沒有必要逐字定其四聲陰陽，亦非屬訂譜者粗心之過，比較同一曲牌之樂譜，可見某些處總不盡合字聲，細究原因，乃是每一曲牌皆有其音樂框架，這個框架包含曲文與節奏、旋律走向、結音安排等的搭配布置，不同框架之間或有部分雷同之處，然而就曲牌的獨立性而言，框架的大小及疏密卻各個不同，行腔之際，固然盡量吻合字聲，這於句中等無甚緊要處，自可妥貼諧暢，即使曲文不合平仄，亦可輕易應對；然於句末等關節樞紐，卻往往得遷就框架本身的結音，甚至句末旋律，爲了穩定構成框架，實已無法兼顧字聲之間的高低對比。筆者認爲：不妨將一隻曲牌的行腔，視爲曲文字聲與音樂框架互相調適的結果，依字行腔再佐以過腔，固爲主要進行方式，但句末落腔處，句與句之間在不同音區的旋律起伏，則需視音樂框架而定；其中若有依據文意或情境特別作腔處，則是在字聲與音樂框架彼此調適之外，更添裝飾色彩，使行腔流美動聽。

　　然而，一隻曲牌的音樂框架爲何，牽涉到文與樂之間的協調，委實難以準確描繪，故即使包含曲腔工尺的格律譜，如《定律》、《大成》等，亦

〔註105〕　〔明〕魏良輔：《南詞引正》，原文爲：「曲有三絕：字清爲一絕，腔純爲二絕，板正爲三絕。」見〈魏良輔《南詞引正》校註〉，收入錢南揚：《漢上宦文存》（上海：上海文藝出版社，1980），頁105。

僅能蒐羅多隻同名牌調，逐曲訂譜以備參考選用，而從未獨立出音樂框架；但其捨棄平仄標示，添入曲腔旋律的作法，凸顯平仄合律與否並不構成譜曲困擾，甚至錄入變化巧妙之例，如《定律》舉《邯鄲記·14東巡》【絳都春序】爲例，說明「此曲襯字雖多，然板數俱同，其那移最巧，唱法甚佳，可爲作家法律。」（卷一，冊一，頁147～148）由此可見，在音樂框架下，儘可蓄納不盡標準的曲文、點板騰挪之旋律。音樂框架本難以具象，又涵蓋豐富的文樂內容，已使其不易掌握，更令人難以措手的，乃是隨著曲樂發展，音樂框架可能產生變形，究其原因：其一是隨著時間推移，原本取爲參考的音樂框架，因爲有流傳更廣的新作品出現，其特定之行腔可能會被視爲音樂框架的一部份而被選取套用，或者一隻曲牌有兩種不同的音樂框架同時並存，就如本章第一、二節所舉之【大迓鼓】、【黃龍袞】；其二是爲取便不同曲調間的銜接，就如上文所舉之集曲摘句，雖然音樂框架具在，然而，行腔音區的高低調整，甚至結音處旋律的延伸，都使得框架的支撐點有部分偏移，此雖屬腔句重組應用時較易見及之現象，卻也同時呈現音樂框架穩定及變動的一面。

若從曲文字聲與音樂框架互相調適的作法來看，或許可從不同的角度解釋爲何馮起鳳與葉堂的《牡丹亭》訂譜，在行腔上有許多相似之處，除了經常上演的〈驚夢〉、〈尋夢〉等散齣有共同的歷史傳承或俗譜演唱可據，另一原因當是彼此據相同的音樂框架安腔，又未著意發揮，以致部分曲牌如出一手。不過，在這一字聲與曲調互爲調適的行腔原則下，仍有相當的空間供訂譜者發揮巧思，本章第一節所舉葉堂於相同曲牌應用在不同情境，其音樂處理頗具新意，以節奏、音區、旋律等行腔變化來表現曲情，雖僅數例，確可見相同框架下曲樂活潑變化的創作可能。然而，萬變不離其宗，音樂框架最穩定之處乃在句尾，尤其韻腳處，可謂撐起框架的重要支柱，在本章第二節中，筆者比較諸譜處理相同曲文的音樂差異，即可明顯看出，無論句中旋律如何增潤延伸或是刪繁就簡，行至句末，結腔往往穩穩當當落在相同的音符上。這樣的行腔原則，其實也可扼要說明同一曲牌爲何行腔不同，卻又互爲彷彿，畢竟是在相同音樂框架的基礎上創作而成，但旋律的高低起伏，乃由不同字聲與曲情構成，當隨著各自曲文脈絡開展，乍聽之下或許別具聲容，仔細分剖，仍可見支撐全曲的框架挺立其間。

三、《四夢全譜》積累的曲腔譜法

在葉譜中，最能展現葉堂訂譜成果，也因爲名作譜曲而最受關注的，首推《四夢全譜》，繼第三章討論葉譜「宛轉相就」《四夢》曲文的具體作法、第四章討論葉堂對相同曲牌在不同情境的處理、《四夢》曲牌的傳承，此處將綜論《四夢全譜》積累涵蓋的多種譜法，以見其在曲樂發展的重要地位。以下根據作法變化的程度，分項論述：

（一）依既有曲調訂譜

在《四夢》千餘隻的曲牌中，葉堂也並非處處創新，在相互比較的過程中，可見《四夢全譜》仍有爲數不少的曲牌，其曲腔與《定律》、《大成》、《四夢全譜》中的相同曲牌其實大體一致，其作法乃是取既有的同名牌調音樂爲基礎，再斟酌字聲修改調整而成，葉堂的功力，在此類作法中無甚發揮，只能於小腔中窺見其一貫的細膩。

此類作法在著名散齣也不乏其例，以【仙呂・步步嬌】爲例，《牡丹亭》〈10 驚夢〉杜麗娘所唱，與〈53 硬拷〉杜寶所唱，雖然情緒及聲口有別，但這兩隻贈板曲的行腔其實相當接近，舉譜例說明如下：

譜 64　【步步嬌】－《牡丹亭・驚夢》〔註106〕

〔註106〕按，最末「現」字之腔，應爲「２１６」，葉譜當是漏刻或漏印「６」，此處據其他【步步嬌】遞行補入。

譜65 【步步嬌】－《牡丹亭・硬拷》

```
3 5 3 3 3 6 5 3 6 6 1 | 2 3  2 1 6 1 2  1 6 | 3  2 1 6 | 3 6 5 3 6 5 6 1 |
有女　無郎　　早把　青　　年　　　送　　剗　口　兒
◎

2 3  2 1 6 1 2  1 6 | 3 5 2 1 6. 6 | 1 6 6 | 1 2 3 2 3 5 6 5 | 3 3 2 3 5 6 5  6 1 |
輕　　調　　哄　你嶺南　吾蜀　中牛　馬
◎

2  3 2 1 6 5 6 5  3 | 1 5 5 3 2 3 2 1 6 1 5 6 1 | 1 3 2 1 6 6 1  2 1 6  1 2 |
風　遙　　甚處　　絲蘿　　共　　敢一　棍兒
。　　　　　　　　　　　　　　◎

3  2 1 5 6 5 6 5 | 3 5 3 5 6 6 2 1 6 | 1 | 2 3  2 1 6 1 2  1 6 | 2 1 6  0 0 0 ‖
走　秋　　風指　說關親騙　的　　軍　民　　動
　　　◎　　　　　　　　◎
```

這兩曲的行腔，不僅音樂框架一致，更有字聲相同處，行腔亦全者，如第二句末之「春如線」、「輕調哄」，皆是陰平、陽平、陰去，字腔及過腔皆屬一致。其餘差別，則因字聲不同而有異，〈驚夢〉在起首的七字句「裊晴絲吹來閒庭院」中，連用六個平聲字，與格律譜所定首二字需用「去上」〔註107〕不合，然「晴絲吹來」照陰平比陽平略高的原則譜出，並在「來」字之後加上過腔，亦極順口可歌；而〈硬拷〉首句「有女無郎」之腔，則依上聲低唱的原則譜出，故與〈驚夢〉「晴絲吹來」有別，其後之「青」字，爲陰平聲，故出口即唱「Re（2）」音，不需如「閒」字得從「Do（1）」音起唱。又如末句之腔差異較大，除字聲不一外，乃在〈驚夢〉於「香閨」之後，配合字調向有起伏，〈硬拷〉則在「關親」後僅接續下行。葉堂於【步步嬌】稍見作腔處，實僅〈驚夢〉第五句「偷人」處，其「人」字之腔，略作跌宕，頗可烘托杜麗娘羞怯之情。

此類套用既有音樂框架的作法，雖乏創意，但不僅《四夢全譜》中常見，其實在流傳的曲譜中，此種方便的作法運用頗廣，畢竟只需根據字聲差異略事勘訂，即可完成一隻曲牌的音樂行腔，不但訂譜容易，歌唱時也可據過去學習相同牌調的經驗，琅琅上口。相同曲牌在不同散齣、不同腳色等情況下，聽來卻似曾相識，即是套用既有曲調，或依音樂框架訂譜而成，這固是牌調音樂在運用上特具的捷徑，然若一再重複承襲常用牌調，活潑的曲樂即可能趨向停滯。

〔註107〕《九宮正始》將【步步嬌】首句之平仄定爲：「去上平平平平去」，見頁955。

（二）依不同情境訂譜

　　幸好，乾隆年間葉堂訂譜的曲腔中，還有各種擺脫成規的創作手法，足以為曲樂另闢新局，先從其為相同曲牌訂譜，根據不同情境，在音樂框架的基礎上，創作個別曲腔談起，由於此為本章第一節討論之內容，故此處僅敷陳大概。

　　試以【黃鐘・滴溜子】為例說明，此曲雖有八句，然開頭連用三字句，全曲又以短句為多，故曲幅不長，通常訂為一板一眼，又多用底板，唱來頗為明快；除運用於南套，亦見於南北合套，為一常用曲牌，《四夢》中連同俗增〈堆花〉者，共計 18 曲。雖然【滴溜子】並非套中主曲，然葉堂訂譜時亦未曾輕忽，在《南柯記・27 閨警》，為強調大軍壓境的驚恐，多以一字一音行腔，使全曲頓挫更為鮮明；然在《牡丹亭・32 冥誓》，則為柳夢梅對天發誓，定杜麗娘為正妻，故葉堂著意譜寫柳夢梅之志誠堅定，全曲之音區偏低，僅第四句，藉較高之結音及配合字聲，譜出音區較高之腔，豐富旋律線條，整體行腔較〈閨警〉委婉；而在《紫釵記・23 榮歸》，才慶重逢又遭別離，鄭氏勸慰將赴邊關的狀元李益，此處葉堂將原本極具特色的短句之腔，增潤鋪陳，使行腔更為流暢多姿，該曲應是放慢了唱，據其訂譜，當為一板三眼曲。

　　就音樂本身而言，葉堂運用的手法，諸如改變節拍、移動音區、精簡或潤飾曲腔等，一經分析，實非高度繁難之技巧；然而，葉堂的獨到之處，乃在其精讀文字後，意識到曲樂不僅是曲文的載體，更應以音樂構思來烘托曲情，使文、樂相得益彰，故當既有之曲調不足以施展，葉堂乃據音樂框架重新安腔訂譜，在這個過程中，或許部分框架產生變形或偏移，然而，細讀葉堂新訂的詞情、聲情穩稱之譜，相同曲牌的音樂也有各自的表現空間，擊節讚嘆之餘，不禁聯想：葉堂或即以是以實際的訂譜成果，透顯曲樂創作的可能及必要！

（三）以集曲宛轉訂譜

　　就葉堂而言，訂譜並不僅是將每隻曲牌配上相應的曲調，再斟酌字聲調整而已，於合律的曲牌，可以根據情境訂譜，於不合律的曲牌，則是改調就詞以集曲相就；雖然集曲的作法、以集曲來適應《四夢》曲文，皆非葉堂首創，然而《四夢全譜》中應用之廣、技巧之純熟而又切合實用，則在曲譜史上僅此一家；由於本文第三章即圍繞宛轉相就的種種作法討論闡釋，集曲即為其核心，故此處不再開展，僅綜論其在訂譜及曲樂上的意義。

　　比較鈕少雅《格正還魂記詞調》與葉堂《納書楹牡丹亭全譜》改訂的集

曲，葉譜減去一些，所訂集曲也不盡相同，原因在於：鈕譜幾乎是「以律就律」的作法，即使一字之差，也需改以集曲相就，如〈5 延師〉【鎖南枝】，第四句應為六字句法，湯作只有五字，遂重訂為【孝南枝】以相合。而葉堂則善用曲樂的優勢，又「追求文、律、樂之間的平衡」，故只要稍微挪動曲文，或是可以曲腔節奏或旋律處理的，就不需因為字句有些微差異，就改訂為集曲，或以更多的摘句相合，徒增繁難。

葉堂雖不濫製集曲，《四夢全譜》畢竟有不少為遷就曲文而訂定的集曲，甚至有部分新創的集曲牌調，如：《牡丹亭・32 冥誓》【三節鮑老】、《紫釵記・39 裁詩》【雙燈舞宮娥】等，均是葉堂遍尋能夠與曲文字句相合的曲牌摘句集入，此類改訂成果的意義，不在格正或創作了多少牌調，而在集曲不僅為文人遊戲筆墨的巧思，更是音樂上曲調銜接的重要技法，葉堂運用自如之餘，尚可用以解決曲文不合律的問題，以其純熟技巧譜就的集曲，在曲文語氣、句法連貫或板眼銜接上，常較馮譜更為穩妥，旋律亦較諧暢，如《牡丹亭・28 幽媾》【雙梧鬥五更】即是。

雖然至乾隆晚期，集曲在音樂上的運用已見提升，然而，其以新瓶裝舊酒的方式重組牌調腔句，雖不乏新作，實未跳脫曲牌規範，音樂本身亦以銜接和諧為主，罕有精彩創作；類似上文所舉，為了使摘句之間銜接平順，局部改變音區甚至落腔，不受限於音樂框架者，終究是少數。葉堂雖精熟曲律，卻不拘泥，各種摘句組接的作法、巧妙運用曲樂處理不合律的文句等，實已鬆動曲律的規範，然音樂仍是遊走在牌調框架的邊緣，罕見另行創作者。

（四）突破既有牌調規範

在分析《四夢全譜》的過程中，雖然規範之曲仍多，但鬆動曲律、將音樂框架變形等的創新作法，令人驚喜於曲樂的活潑樣貌；還有少數牌調，葉堂的處理已突破既有規範，雖是針對特定曲文而設，然可見其所涵納的曲腔多元譜法。

將散板曲改為上板曲，改變全曲大部分的節拍，即為突破牌調規範的作法之一，《邯鄲記・30 合仙》【混江龍】、《牡丹亭・54 聞喜》【入賺】〔註108〕、《南柯記・40 疑懼》【入賺】，皆為大量增句的巨幅散板曲，葉堂除在首尾數句維持散板外，將中間大部分的文句點板布眼，雖是破格為之，然卻極便歌唱。

〔註108〕按，將【入賺】上板之作法，並非葉堂獨步，馮譜於《牡丹亭・54 聞喜》【入賺】即將之安排板眼，但馮、葉兩人的處理仍不盡相同。

　　葉堂又將摘句無可查考的集曲，索性視為正曲，不再糾纏於繁複的考訂校核，而僅是將曲腔安排妥當，《牡丹亭・44 急難》【瓦盆兒】、《牡丹亭・48 遇母》【番山虎】、《紫釵記・42 拒婚》【雁魚錦】皆屬此類情形，雖然《四夢全譜》的此種作法並非首創，〔註109〕但亦見葉堂擺脫曲律羈絆，致力於安頓曲樂的譜曲作法。

　　《邯鄲記・15 西諜》（臺本稱〈番兒〉）的作法最見突破，此套曲的牌名及曲調依據究竟為何，聚訟紛紜，葉堂為此還寫了一長段眉批說明，〔註110〕最後的作法為捨棄牌名，僅根據文意段落分為四段，逐題「第一段」等，雖然在曲腔上仍有大部分承自《大成》（卷二十八，頁 2647～2653），但卻已展示葉堂認為何妨直接根據曲文訂譜的作法。

　　在《四夢全譜》中，葉堂既有套用現成牌調音樂訂譜者，亦有根據曲情及音樂框架譜寫音樂者，還有重組曲牌摘句以集曲宛轉訂譜者，更有突破牌調規範直接安腔訂譜者；其積累的譜曲作法，既傳承晚明崑曲繁盛以來的曲牌音樂，亦接續清初從《南詞新譜》、《南詞定律》、《九宮大成譜》以下，曲律與曲樂頻繁互動後，曲律漸次鬆動的現象，更有其個人不拘曲律，幾乎逐依曲文訂譜之作法。在其運用的多種譜法中，除了音樂上的變化或創新，最可貴之處乃在訂譜時，牌調運用已非唯一關注的焦點，部分曲腔乃是根據《四夢》曲文斟酌訂譜，雖然並未發展至因詞製樂，但於牌調音樂發展而言，亦譜出新頁。葉堂所譜之曲，堪為崑曲音樂的豐碑，不僅隨著《四夢》折子戲傳唱至今，典範猶存，甚至成為當代搬演《北西廂》、《四夢》全本的重要取材來源。〔註111〕

　　本章於曲樂的探討，著重在提出現象與展示作法，而非統整規則或建構理論，雖然涵蓋的面向仍屬有限，然而，以諸譜之《四夢》曲牌為切入點，藉由分析葉堂譜曲的變化作法、流傳脈絡中的承繼與創新，亦足以較豐富的層次呈現曲樂在音樂框架之下的多元樣貌。

〔註109〕首先將【瓦盆兒】視為正曲者為《南詞定律》，見卷六，冊二，頁 108～111；首先將【番山虎】視為正曲者為《九宮大成譜》，見卷十一，頁 1330～1333；葉堂雖是首先將【雁魚錦】視為正曲者，但因此曲為《琵琶記・思鄉》創用，故葉堂的說明俱見《納書楹曲譜》，正集卷一，頁 105～106。此數例於第三章第一、二節已見討論，可參看。

〔註110〕關於諸譜題寫《邯鄲記・15 西諜》曲牌名稱之作法，筆者於第三章第二節曾引錄討論，可參看。

〔註111〕詳見第一章第三節，「葉譜的影響」，頁 60。

結　論

　　本書以蘇州曲家葉堂於〔清〕乾隆四十九年（1784）至六十年（1795）
刊行的一系列崑曲曲譜（總稱「葉譜」）爲研究對象，包括初刻《西廂記譜》、
《納書楹曲譜》（正續外補四集）、《納書楹四夢全譜》、重鐫《納書楹西廂記
全譜》，探討其刊行及影響、選錄內容，並將焦點集中在《四夢全譜》，探究
其如何宛轉相就湯顯祖不盡合律之曲文，以及處理曲樂之各種訂譜作法。

　　葉堂確切的生卒年不詳，主要活動於乾隆時期的蘇州，當時戲曲活動的
重心雖已北移至揚州，然而，晚明以來「四方歌曲必宗吳門」〔註1〕的崑曲之
風，至乾隆年間猶蔚爲大觀，蘇州人除了日常度曲、堂名、觀劇，更有不少
深具影響力的出版品，如：戲曲選本《綴白裘》、曲韻韻書《韻學驪珠》、度
曲理論《樂府傳聲》、崑曲曲譜《納書楹曲譜》、《吟香堂曲譜》等。沉浸在蘇
州的崑曲氛圍中，葉堂自少至老，畢生專意度曲，在當世即以葉派唱口著稱，
雖然葉堂始終未論說其唱法，但尚可考其後學有鈕樹玉、金德輝、雙鸞，以
及近代的韓華卿、俞宗海、俞振飛，曲友曾描述俞宗海唱曲時於出字、行腔、
收音、呼吸、頓挫、張馳等均有講究，〔註2〕此不僅是葉派唱口之遞續，亦可
視爲崑曲度曲之典範。葉譜刊行後被度曲者奉爲圭臬，王文治在《納書楹曲
譜》〈序〉稱「翕然宗仰，如出一口。」至道光二十八年（1848）還有重刊之

〔註1〕　見明末長洲人徐樹丕：《識小錄》（佛蘭艸堂鈔本），卷四，〈梁姬傳〉，收入《筆
　　　　記小說大觀》（臺北：新興書局，1985），四十編第 3 冊，頁 661～662。
〔註2〕　見俞宗海《度曲一隅》曲譜，崑曲保存社同人所識之後記，收入俞振飛輯：《粟
　　　　廬曲譜》（1953 年於香港刊行；臺北：中華民俗藝術基金會重印本，1996；南
　　　　京：南京大學崑曲社重印本，2007。）。

《納書楹曲譜全集》，〔註3〕同治九年（1870）刊行之《遏雲閣曲譜》即據葉譜校正，2008 年則有周雪華譯譜潤飾之《崑曲湯顯祖「臨川四夢」全集——納書楹曲譜版》出版，葉堂訂譜之腔，遂隨著曲譜刊行不斷傳播；而葉譜在曲樂之外，尚具有文獻價值，《納書楹曲譜》收錄的各種散齣，且爲黃文暘《曲海總目》等補充著錄劇目之依據，而《四夢全譜》則爲校勘《四夢》曲文、曲牌題名的參考資料。

以下即從葉堂之曲樂觀點、葉譜之價值兩個面向，綜論本文對《納書楹曲譜》研究之相關成果：

一、葉堂之曲樂觀點

（一）重樂輕律

葉堂重視曲樂的一面，可從其致力於訂譜談起：其實，曲腔本可由歌者依據音樂框架按拍歌唱，隨個人詮釋而完成，然而，葉堂朝夕度曲，憤俗伶之陋，遂起而訂正文、律，歷數十年積累，又將精心勘訂之樂譜彙編行世，其持續不懈地努力，乃因高度重視曲牌行腔的整體表現，故將精心度曲之經驗，化爲逐字標記板眼及行腔之樂譜。

葉堂重樂輕律，最可見於其所訂之《四夢全譜》，所謂「輕律」，並非將曲律棄置不顧，而是不以律害文、不以律害樂，且於文、律、樂三者之間，能靈活搭配，應用裕如，而非僅遷就其中一項。因此，不合律的曲文，可以集曲摘句等方式宛轉相就，不但保留曲文全璧，歌來亦稱諧暢順口；襯字繁多的長句，不妨挪動板位騰出節拍，即可字字清晰，無須趕唱；增句過多的散板曲，則添入板眼，免除拖沓繁長之苦；句數不足的曲牌，則設法銜接樂段，使之過接自然；沒有牌調或摘句可以相合的曲文，無須繁瑣考訂，索性逕行訂譜歌唱；凡此種種，皆見葉堂善於爲曲文合樂，種種曲律或曲文的特殊情況，在其巧爲處理下，不再有拗口之病，俱成繞樑之韻。由於重樂，葉譜也積累了各式譜曲作法，除在既有曲調基礎上詳加勘訂，以增減小腔、移動唱腔音區、延伸或縮減旋律等作法變化處理外；更有獨到的創作手法，尤其相同的曲牌，在葉堂手裡，尚可依據文意及情境，重爲譜寫唱腔，雖未完全背離音樂框架，但一新腔韻，使同一曲牌在共性之外，更具有個性。

〔註3〕按，此譜雖稱《納書楹曲譜全集》，然並未收錄《西廂記全譜》。

　　葉堂重樂輕律，還可舉《納書楹曲譜》〈凡例〉參看：「此譜欲盡度曲之妙，間有挪借板眼處，故不分正襯，所謂死腔活板也。」（頁 10）葉堂關注的是實際歌唱時文樂結合的表現，故正字與襯字無須刻意分別，節讀之間的板眼也可騰挪，只要能夠安頓語氣的輕重疾徐，歌來能夠達意傳情，何需受制於曲律？葉堂因重樂而將曲腔訂譜，其立意及成果皆頗足稱道，然曲腔可謂由此趨於固定，幸而葉譜並未將唱腔全部定死，仍留給歌者部分詮釋空間，除重鐫《西廂記全譜》外，皆不點小眼，故歌者於曲腔蔓衍處，尚可自行安排節奏。

　　（二）雅俗兼備

　　葉譜雖被譽爲清唱譜的典範，然而，葉堂並非終日拍捱冷板，仍關注時俗流行變化，故不論其選錄之內容，訂譜之唱腔，在清唱家雅致的講究之外，亦可見從俗的包容。

　　就選錄的內容而言，除《北西廂》、《四夢》等文情粲然之作，收錄散齣時，葉堂將最傾賞的辭意雅馴之作，諸如《琵琶記》、元雜劇、《長生殿》等置入正集，但於外集、補遺又收入世俗通行的作品，諸如《金不換》、俗增劇目、時劇等，甚至齣目標寫亦照俗稱，如將《浣紗記》之〈2 遊春〉、〈23 迎施〉，題爲〈前訪〉、〈後訪〉，可見葉堂雖崇尙大雅，亦好尙追新逐變。

　　就訂譜的唱腔而言，葉堂於字聲陰陽清濁的講究、字與字之間過接之穩妥，板眼腔句的安排、集曲摘句之考訂，均可見身爲曲家之一絲不苟，必雅正而後已；然而，葉堂也並非不近人情，在諸多細節上，亦援引搬演家之法，使曲唱更容易上口，如註記非實板處以利起聲發調，或於曲腔中間改變板式取便歌唱，或者按照時俗唱法刪節曲文，此類情形雖不多見，但從其豁達的風範中，亦見俗唱的某些長處。

　　雖然此處所謂的雅俗分野，大抵可類比於與清唱與劇唱的區隔，然而，本文的論述，並未從清唱與劇唱的分野切入，乃緣於這兩者固在表演形態、演出場合、人員身份等方面確有不同；然而，從葉堂的諸多記述中，可知其並不認爲兩者之唱腔亦「至嚴不相犯」，〔註 4〕且其訂譜本有俗唱爲基礎，雖然起初因所訂唱腔與俗伶不合而受責難，後來則時人競相追隨，甚至將清唱

〔註 4〕語出〔清〕龔自珍〈書金伶〉：「清曲爲雅讌，劇爲狎遊，至嚴不相犯。」原刊於龔自珍《定盦續集》，後收入龔自珍：《龔自珍全集》（上海：上海人民出版社，1975），第二輯，頁 181。

之曲排練搬演，成為新興劇目；故就曲樂本身而言，清工與戲工即使各有講究，但本質上當無絕對差異，〔註5〕葉堂所參與、葉譜所承載的，正好為乾隆時期崑壇清唱與劇唱互動之重要參證。

二、葉譜之價值

（一）於「刊行曲譜」之開創意義

明末清初以來，刊行的各式曲譜為數不少，葉譜則以「首次刊行崑曲戲齣唱譜」的獨特性質，開創曲譜發展的新頁。在葉譜之前，雖有《北西廂絃索譜》為第一部戲曲曲譜，但其為絃索器樂譜而非唱腔譜；雖有《十二律京腔譜》〔註6〕為首部戲曲唱譜，然則為高腔之點板圈腔譜，譜式不同；即使《九宮大成譜》的工尺譜式、套式甚至唱腔，有部分為葉譜承襲，然其畢竟為格律而設，並非從戲曲入手；故葉堂初刻《西廂記譜》，乃是最早刊行之崑曲全劇工尺唱譜，其後之《納書楹曲譜》，則為最早刊行之崑曲散齣工尺唱譜，葉譜乃是首度將訂譜之成果以刊行曲譜的形式記錄保存，甚至相當程度成為「定譜」。

而葉譜內容之多元與數量之豐富，則使曲譜在音樂功能之外，又具有戲曲選本之意義，尤其是《納書楹曲譜》收錄之散齣，可見葉堂於「劇」與「曲」的雙重觀照，所選除晚明即已上演者外，又有清代新選、新增的雜劇、傳奇、俗增之時興劇目，甚至有非崑曲的「時劇」作品，可與《綴白裘》並觀，以見乾隆時期流行劇目之概況，並見清唱與劇唱齣目之同異。至於葉堂選錄之數量，由於博採眾收各種耐唱之曲，兼備選劇與選齣、少數散曲作品，計達566齣／套，其存譜之多，在其後私人出版之曲譜中，僅殷溎深《餘慶堂曲譜》錄670齣可與之相比。〔註7〕回顧葉堂刊刻曲譜之目的，乃在「藉譜以傳曲」，〔註8〕其訂譜記錄之唱腔確實有助於作品流傳，不過，葉譜亦因名曲、名劇而

〔註5〕 周丹曾取近代曲家與演員之唱腔相較，說明清唱與劇唱並非完全對立，且有互相影響之情形。見周丹：《崑曲清唱與劇唱比較研究》（北京：中國傳媒大學音樂學碩士論文，2009）。

〔註6〕 〔清〕王正祥：《十二律京腔譜》，清康熙二十三年（1684）刊行，收入王秋桂主編：《善本戲曲叢刊》，第三輯。

〔註7〕 關於《餘慶堂曲譜》，詳陸萼庭〈殷溎深及其《餘慶堂曲譜》〉，收入陸萼庭：《清代戲曲與崑劇》（臺北：國家出版社，2005），頁227～243。

〔註8〕 語出初刻《西廂記譜》〈自序〉，頁1。

傳揚至今，如久已不見於崑曲舞台之《北西廂》，2008 年底上演時即據葉譜之唱腔改訂。〔註9〕

　　葉譜於記譜方面亦有開創，雖然最早刊行點定板眼之工尺譜爲《九宮大成譜》，然而，葉譜所運用的板眼符號，則是自乾隆年間以降，崑曲工尺譜沿用至今，而葉堂不得已的從俗之舉，於重鐫《西廂記全譜》時方增入的小眼，則又是開工尺譜節拍完善之先，首度記載訂譜者於一板三眼曲的細部節奏安排。

（二）於「曲樂發展」之獨特貢獻

　　此部分乃針對葉譜中具有創作意義的《西廂記全譜》、《四夢全譜》而言：《西廂記全譜》的刊行，代表的是在曲壇盛行南曲的風氣下，以崑曲歌唱北曲的創作成果，此除可與晚明以來絃索調彈唱北曲之風並觀，並比較曲調傳承，亦可與《九宮大成譜》、葉譜之北套相較，探討乾隆時期對北曲作法之掌握，及驗證前人論北曲「死腔活板」之說，〔註10〕惜本文未及開展。

　　《四夢全譜》的創作，可謂在清前期曲律逐漸鬆動，採合樂訂譜輯錄曲牌的發展背景下產生，葉堂以實際的譜曲成果，使晚明以來圍繞《四夢》不協律的種種批評，至此可謂煙消雲散，並促成《紫釵記》等之演出。格律譜中最早選入《四夢》曲牌者爲《南詞新譜》，繼而兼備工尺譜的《南詞定律》、《九宮大成譜》又迭有新選，所收除引子、正曲外，尤多以「改調就詞」之法處理的集曲，這幾部曲譜不僅於取材上，從凜遵古體轉爲兼採新聲，於製譜方面，集曲摘句銜接的作法已趨向成熟，即使湯作不盡守規範之曲，亦能從容合樂，隱隱透露對曲文的要求從「須合律」到「可合樂」的轉變。在這樣的背景下，葉堂全面爲《四夢》曲文訂譜，不論合律與否，皆可宛轉相就，其在曲樂上的意義有二：其一，乃以具體成果彰顯「不合律即不可歌」之謬，甚至隱含「沒有不可歌之曲」的信念，故於曲律有參差之曲，或以嫻熟之作法巧爲騰挪，或以集曲相就。其二，乃爲訂譜者觀照的對象，從格律譜之單隻曲牌及前腔，擴及一整齣戲，故於整體佈局，如套內諸曲間之板眼變化、銜接和諧，均可見較前人周詳。葉堂以「改調就詞」來宛轉相就曲文的作法，

〔註9〕　《西廂記》由北方崑曲劇院演出，其餘據葉譜搬演之《四夢》劇目，均詳第一章第三節。

〔註10〕　吳梅：《顧曲麈談》第一章第三節〈論南曲作法〉：「北曲無定式，視文中襯字之多少以爲衡，所謂死腔活板也。」見吳梅著、王衛民編：《吳梅戲曲論文集》（北京：中國戲劇出版社，1983），頁 26。

雖非首創，而是在鈕少雅《格正還魂記詞調》、馮起鳳《吟香堂牡丹亭曲譜》
等的基礎上深化發展，然則，卻可謂乾隆時期譜曲作法之集大成者，不但將
積累的各種譜法廣爲運用，且將《四夢》全數訂譜，並藉由〈凡例〉與眉批，
於生腔譜曲之際，詳細表述訂創思維。

　　葉堂之貢獻，除留下被視爲典範的《四夢》全本樂譜，更在其所譜曲調，
凝結了曲樂活潑變化的一面，既有久經傳唱的曲腔，更有葉堂獨到的創作，
不僅以細膩的腔句處理使音樂更爲美聽，還嘗試突破曲律規範及音樂框架，
巧爲銜接，甚至使同樣的曲牌各具聲情，正是湯顯祖揮灑才情，不拘泥於曲
律之作，促使葉堂求索安腔訂譜之法，一展其音樂才情，並以曲樂詮釋《四
夢》。此後，罕見《四夢》不合律的爭論，倒是《四夢全譜》成爲競相引用之
作，除了《遏雲閣曲譜》等選錄其中散齣，劉世珩還傳抄《納書楹南柯記曲
譜》，〔註 11〕《崑劇傳世演出珍本全編》，於《牡丹亭》則同時收錄葉堂訂譜
本及通行舞臺演出本。〔註 12〕

　　本書對《納書楹曲譜》的研究，雖以最具創作意義之《四夢全譜》爲核
心，然已可勾勒葉堂及葉譜在曲樂發展之獨特性及成就，唯限於學力，仍有
不少未盡之處，諸如：於聯套規律及曲樂安排的討論尚待開展，於記譜及實
際演唱之間的關係應予梳理，尤其周雪華《四夢》譯譜之出版，尚可論其對
葉派唱口之詮釋、增潤之腔格口法；此外，由於葉堂《納書楹曲譜》與馮起
鳳《吟香堂曲譜》，同爲乾隆時期於蘇州刊行，彼此訂譜觀念及作法之異同，
雖於第三章略有述及，然當可再行深入，並於《牡丹亭》訂譜外，一併探究
《長生殿》之訂譜處理，凡此，將於日後持續關注研究。

〔註 11〕劉世珩鑒定、劉富樑校訂：《納書楹南柯記曲譜》（1924 年鈔本，臺北：中央
　　　　研究院歷史語言研究所藏）。

〔註 12〕江蘇省崑劇研究會編：《崑劇傳世演出珍本全編》（南京：江蘇文藝出版社，
　　　　1998），甲編第一、二函。

參考書目

一、**詞曲譜**（略依刊行先後為序）

（一）詞　譜

1. 〔清〕萬樹：《詞律》，清康熙二十六年（1687）刊行，收入中華書局輯：《四部備要》第 483～484 冊，臺北：臺灣中華書局，1966。

2. 〔清〕謝元淮：《碎金詞譜》，清道光二十七年（1847）增訂本，臺北：學海出版社影印出版，1980。

（二）曲牌格律譜

1. 〔元〕周德清：《中原音韻》，元泰定元年（1324）刊行，有明正統六年（1441）刻本等，臺北：學海出版社影印出版，1996；收入中國戲曲研究院編：《中國古典戲曲論著集成》（一），北京：中國戲劇出版社，1959。

2. 〔明〕朱權：《太和正音譜》，明永樂年間刊行，有藝壇書舍本等，臺北：學海出版社影印出版，1991；收入《中國古典戲曲論著集成》（三）。

3. 〔明〕蔣孝：《舊編南九宮譜》，明嘉靖二十八年（1549）刊行，收入王秋桂主編：《善本戲曲叢刊》第三輯，臺北：臺灣學生書局，1984。

4. 〔明〕沈璟：《增定南九宮譜》，明萬曆二十二年（1594）刊行，收入《善本戲曲叢刊》第三輯。

5. 〔明〕徐于室、鈕少雅：《九宮正始》，清順治八年（1651）精抄本，收入《善本戲曲叢刊》第三輯。

6. 〔明〕沈自晉：《南詞新譜》，清順治十二年（1655）刊行，收入《善本戲曲叢刊》第三輯。

7. 〔清〕張彝宣：《寒山曲譜》，清初鈔本，收入《續修四庫全書》編纂委員會編：《續修四庫全書》第 1750 冊，上海：上海古籍出版社，2002。

8. 〔清〕李玉：《北詞廣正譜》，清康熙年間刊行，臺北：學海出版社影印出版，1998；收入王秋桂主編：《善本戲曲叢刊》第六輯，臺北：臺灣學生書局，1987。

9. 〔清〕王正祥：《十二律崑腔譜》，清康熙年間刊行；1916 年劉世珩編：《暖紅室匯刻傳奇》附刊；臺北：鼎文書局影印出版暖紅室本，1972。

10. 〔清〕王正祥：《十二律京腔譜》，清康熙二十三年（1684）刊行，收入《善本戲曲叢刊》第三輯。

11. 〔清〕王奕清等：《曲譜》，清康熙五十四年（1715）刊行；長沙：嶽麓書社排印出版，2000。

12. 〔清〕呂士雄等輯：《南詞定律》，清康熙五十九年（1720）刊行，收入《續修四庫全書》第 1751～1753 冊。

13. 〔清〕周祥鈺等輯：《九宮大成南北詞宮譜》，清乾隆十一年（1746）刊行，收入《善本戲曲叢刊》第六輯；《續修四庫全書》第 1753～1756 冊。

14. 吳梅：《南北詞簡譜》，1939 年於重慶印行；臺北：學海出版社影印出版，1997。

15. 鄭騫：《北曲新譜》，臺北：藝文印書館，1973。

（三）其　他

1. 〔明〕鈕少雅：《格正還魂記詞調》，清康熙三十三年（1694）刊行；劉世珩編：《暖紅室彙刻傳奇臨川四夢》附刊，1919；揚州：江蘇廣陵古籍刻印社影印出版，1990。

（四）絃索工尺譜

1. 〔清〕沈遠：《校定北西廂絃索譜》，清順治年間刊行，北京：中國國家圖書館等藏。

2. 〔清〕朱廷鏐、朱廷璋重訂：《太古傳宗琵琶調宮詞曲譜》，清乾隆十四年（1749）刊行，北京：中國國家圖書館等藏。

3. 〔清〕朱廷鏐、朱廷璋重訂：《太古傳宗琵琶調西廂記曲譜》，清乾隆十四年（1749）刊行，臺北：國家圖書館等藏。

4. 〔清〕朱廷鏐、朱廷璋參訂：《絃索調時劇新譜》，清乾隆十四年（1749）刊行，北京：中國國家圖書館等藏。

（五）戲曲工尺譜

1. 〔清〕葉堂：《西廂記譜》，清乾隆四十九年（1784）刊行，北京：首都圖書館等藏。

2. 〔清〕馮起鳳：《吟香堂曲譜》，清乾隆五十四年（1789）刊行，北京：中國國家圖書館等藏。

3. 〔清〕葉堂：《納書楹曲譜》，清乾隆五十七、五十九年（1792、1794）刊行，臺北：國立故宮博物院等藏；收入《善本戲曲叢刊》第六輯；《續修四庫全書》第 1756～1757 冊。

4. 〔清〕葉堂：《納書楹四夢全譜》，清乾隆五十七年（1792）刊行，臺北：國立故宮博物院等藏；收入《續修四庫全書》，第 1757 冊。

5. 〔清〕葉堂：《納書楹西廂記全譜》，清乾隆六十年（1795）重鐫；臺北：臺灣大學圖書館等藏；張世彬譯：《沈遠北西廂絃索譜簡譜》附錄，臺北：學海出版社，1983。

6. 〔清〕王錫純輯、李秀雲拍正：《過雲閣曲譜》，清同治九年（1870）刊行；清光緒十九年（1893）鉛印本；上海：著易堂書局鉛印本，1920；臺北：文光圖書有限公司影印出版，1965。

7. 〔清〕怡庵主人編：《六也曲譜初集》，蘇州：振新書社，清光緒三十四年（1908）刊行；上海：掃葉山房，1920 再版。

8. 〔清〕昇平署：《崑弋本戲曲譜》，清鈔本，收入故宮博物院編：《故宮珍本叢刊》第 689 冊，海口：海南出版社，2001。

9. 崑山國樂保存會編：《崑曲粹存初集》，上海：朝記書莊，1919；收入波多野太郎編：《中國文學語學資料集成》第五篇第一卷，東京：不二出版，1990。

10. 劉世珩鑑定、吳梅正律、劉富樑正譜評注：《雙忽雷閣彙訂還魂記曲譜》，1921 年鈔本，臺北：中央研究院歷史語言研究所藏。

11. 劉世珩鑑定、劉富樑校訂：《納書楹南柯記曲譜》，1924 年鈔本，臺北：中央研究院歷史語言研究所藏。

12. 曲師殷溎深原稿、校正兼繕底者張餘蓀藏本：《西廂記曲譜》，上海：朝記書莊，1921。

13. 曲師殷溎深原稿、校正兼繕底者張餘蓀藏本：《琵琶記曲譜》，上海：朝記書莊，1921。

14. 曲師殷溎深原稿、校正兼繕底者張餘蓀藏本：《拜月亭曲譜》，上海：朝記書莊，1921。

15. 曲師殷溎深原稿、校正兼繕底者張餘蓀藏本：《牡丹亭曲譜》，上海：朝記書莊，1921。

16. 曲師殷溎深原稿、校正兼繕底者張餘蓀藏本：《春雪閣曲譜三記》，上海：朝記書莊，1921。

17. 道和俱樂部編：《道和曲譜》，上海：天一書局，1922。

18. 曲師殷溎深原稿、校正兼繕底者張餘蓀藏本：《增輯六也曲譜》，上海：朝

記書莊，1922；臺北：臺灣中華書局影印出版，1977。

19. 曲師殷溎深原稿、校正兼繕底者張餘蓀藏本：《荊釵記曲譜》，上海：朝記書莊，1924。

20. 曲師殷溎深原稿、校正兼繕底者張餘蓀藏本：《長生殿曲譜》，上海：朝記書莊，1924。

21. 怡庵主人編：《崑曲大全》，上海：世界書局，1925；收入波多野太郎編：《中國語文資料彙刊》第一篇第二卷，東京：不二出版，1991。

22. 王季烈、劉富樑：《集成曲譜》，上海：商務印書館，1925；臺北：進學書局影印出版，1969。

23. 王季烈輯：《與眾曲譜》，天津：合笙曲社，1940；上海：商務印書館，1947；臺北：臺灣商務印書館影印出版，1977。

24. 褚民誼輯：《崑曲集淨》，1944 年於日本印行，臺北：中央研究院歷史語言研究所等藏。

25. 王季烈輯訂：《正俗曲譜》，上海：錦章書局，1947。

26. 俞振飛輯：《粟廬曲譜》，1953 年於香港刊行；臺北：中華民俗藝術基金會重印本，1991、1996；南京：南京大學崑曲社重印本，2007。

27. 焦承允輯：《炎蒒曲譜》，臺北：中華學術院崑曲研究所，1971。

28. 中華學術院崑曲研究所、蓬瀛曲集輯：《蓬瀛曲集》，臺北：臺灣中華書局，1972。

29. 俞振飛：《振飛曲譜》，上海：上海音樂出版社，1982。

30. 周秦主編，王正來、毛偉志研校：《寸心書屋曲譜》，蘇州：蘇州大學出版社，1993。

31. 江蘇省崑劇研究會編：《崑劇傳世演出珍本全編》，甲編第一、二函，南京：江蘇文藝出版社，1998。

32. 王正來：《曲苑綴英》，香港：中華文化促進中心，2004。

（六）譯　譜

1. 楊蔭瀏、曹安和譯譜：《西廂記四種樂譜選曲》，北京：音樂出版社，1962。

2. 張世彬譯：《沈遠北西廂絃索譜簡譜》，臺北：學藝出版社，1983。

3. 劉崇德校譯：《新定九宮大成南北詞宮譜校譯》，天津：天津古籍出版社，1998。

4. 劉崇德、孫光鈞譯譜：《碎金詞譜今譯》，石家莊：河北大學出版社，2000。

5. 周雪華譯譜：《崑曲湯顯祖「臨川四夢」全集——納書楹曲譜版》，上海：上海教育出版社，2008。

二、其他古籍（略依作品或刊行先後爲序）

（一）劇本總集

1. 錢南揚：《宋元戲文輯佚》，上海：上海古典文學出版社，1956。
2. 徐征等主編：《全元曲》，石家莊：河北教育出版社，1998。
3. 〔明〕湯顯祖撰，劉世珩編：《暖紅室彙刻傳奇臨川四夢》，1919 年刊行；揚州：江蘇廣陵古籍刻印社影印出版，1997。
4. 〔明〕湯顯祖著，錢南揚校點：《湯顯祖戲曲集》，上海：新華書店，1978。
5. 〔明〕湯顯祖著，徐朔方箋校：《湯顯祖全集》，北京：北京古籍出版社，1999。
6. 〔明〕毛晉編：《六十種曲》，北京：開明書店，1935 排印出版，北京：中華書局，1958 新 1 版、1996 第 4 次印刷；（日本）中國都市藝能研究會建置網站：http://wagang.econ.hc.keio.ac.jp/~chengyan/index.php？六十種曲。
7. 《古本戲曲叢刊》編刊委員會：《古本戲曲叢刊》初集，上海：商務印書館，1954。
8. 《古本戲曲叢刊》編刊委員會：《古本戲曲叢刊》二集，上海：商務印書館，1955。
9. 《古本戲曲叢刊》編刊委員會：《古本戲曲叢刊》三集，上海：商務印書館，1957。
10. 《古本戲曲叢刊》編刊委員會：《古本戲曲叢刊》五集，上海：上海古籍社出版社，1986。
11. 《古本戲曲叢刊》編刊委員會：《古本戲曲叢刊》九集，北京：中華書局，1964。
12. 林侑蒔編：《全明傳奇》，臺北：天一出版社，1983。
13. 朱傳譽主編：《全明傳奇續編》，臺北：天一出版社，1996。
14. 王季思主編：《中國十大古典悲劇集》，濟南：齊魯書社，1991。
15. 阿英編著：《紅樓夢戲曲集》，北京：中華書局，1978。
16. 首都圖書館編輯：《清車王府藏曲本》「全印本」，北京：學苑出版社，2001。
17. 中央研究院歷史語言研究所《俗文學叢刊》編輯小組：《俗文學叢刊》，臺北：中央研究院歷史語言研究所、新文豐出版股份有限公司，2001～。

（二）劇本別集

1. 〔清〕李玉著，陳古虞、陳多、馬聖貴點校：《李玉戲曲集》，上海：上海古籍出版社，2004。

2. 〔清〕黃兆森：《四才子》，清康熙五十五年（1716）刊行，北京：中國國家圖書館等藏。

3. 〔清〕黃兆森：《忠孝福》，清康熙五十七年（1718）刊行，臺北：臺灣大學圖書館等藏。

4. 〔清〕沈起鳳《文星榜》，清刊本，收入吳梅：《奢摩他室曲叢》第一集第9～10冊，上海：涵芬樓，1928。

5. 〔清〕蔣士銓撰，周妙中點校：《蔣士銓戲曲集》，北京：中華書局，1993。

6. 〔清〕荊石山民：《紅樓夢散套》，清嘉慶二十年（1815）刊行，臺北：東吳大學圖書館等藏。

7. 〔清〕周文泉：《補天石傳奇》，清道光十七年（1837），臺北：東吳大學圖書館等藏。

（三）選　本

1. 〔明〕郭勛編：《雍熙樂府》，明嘉靖四十五年（1566）刊行；臺北：西南書局影印出版，1981；收入《續修四庫全書》第1740～1741冊。

2. 〔明〕徐文昭編，孫崇濤、黃仕忠箋校：《風月錦囊箋校》，北京：中華書局，2000，據明嘉靖三十二年（1553）刊本。

3. 王秋桂主編：《善本戲曲叢刊》，第一、二、四輯，臺北：臺灣學生書局，1984、1987。

4. 〔清〕錢德蒼編撰：《綴白裘》，清乾隆四十二年（1777）鴻文堂校訂重鐫本，收入《善本戲曲叢刊》第五輯。

5. 〔清〕錢德蒼編撰、汪協如點校：《綴白裘》，北京：中華書局，1940、1955、2005，據乾隆四十二年（1777）四教堂重訂本；（日本）中國都市藝能研究會建置網站：http://wagang.econ.hc.keio.ac.jp/~chengyan/index.php？綴白裘。

（四）曲論、曲韻及詩話

1. 〔元〕鍾嗣成著，王鋼校訂：《校訂錄鬼簿三種》，鄭州：中州古籍出版社，1991。

2. 〔明〕魏良輔：《南詞引正》，見〈魏良輔《南詞引正》校註〉，收入錢南揚：《漢上宧文存》，上海：上海文藝出版社，1980。

3. 〔明〕何良俊：《曲論》，收入《中國古典戲曲論著集成》（四）。

4. 〔明〕王驥德：《曲律》，收入《中國古典戲曲論著集成》（四）。

5. 〔明〕沈德符：《顧曲雜言》，收入《中國古典戲曲論著集成》（四）。

6. 〔明〕沈寵綏：《絃索辨訛》，收入《中國古典戲曲論著集成》（五）。

7. 〔明〕沈寵綏：《度曲須知》，收入《中國古典戲曲論著集成》（五）。

8. 〔清〕徐大椿：《樂府傳聲》，收入《中國古典戲曲論著集成》（七）。

9. 〔清〕徐大椿原著，吳同賓、李光譯注：《〈樂府傳聲〉譯注》，北京：中國戲劇出版社，1982。

10. 〔清〕徐大椿原著，古兆申、余丹研究及翻譯：《徐大椿〈樂府傳聲〉》，香港：牛津大學出版社，2006。

11. 〔清〕黃文暘原編、無名氏重訂、管庭芬校錄：《重訂曲海總目》，收入《中國古典戲曲論著集成》（七）。

12. 〔清〕焦循：《劇說》，收入《中國古典戲曲論著集成》（八）。

13. 〔清〕梁廷柟：《曲話》，見《中國古典戲曲論著集成》（八）。

14. 〔清〕楊恩壽：《詞餘叢話》，收入《中國古典戲曲論著集成》（九）。

15. 〔清〕姚燮：《今樂考證》，收入《中國古典戲曲論著集成》（十）。

16. 〔清〕茅恒：《曲曲》，收入〔清〕碧梧書屋慕蓮氏抄錄：《霓裳新詠譜》，光緒二十九年（1903）抄本，南京圖書館藏，第 15 冊。

17. 〔清〕沈乘麐著、歐陽啓名編：《韻學驪珠》，北京：中華書局，2006，據清光緒十八年（1892）重刊本。

18. 〔清〕袁枚：《隨園詩話》，南京：江蘇古籍出版社，2000。

（五）筆記及小說

1. 〔明〕蘭陵笑笑生原著，梅節校注：《金瓶梅詞話》，臺北：里仁書局，2007。

2. 〔明〕徐樹丕：《識小錄》，明末刊行，收入《筆記小說大觀》四十編第 3 冊，臺北：新興書局，1985。

3. 〔清〕沈起鳳：《諧鐸》，清乾隆五十七年（1792）刊行，收入《古本小說集成》，上海：上海古籍出版社，1990。

4. 〔清〕李斗撰，汪北平、涂雨公點校：《揚州畫舫錄》，清乾隆六十年（1795）刊行，北京：中華書局，1960。

5. 〔清〕鐵橋山人撰，周育德校刊：《消寒新詠》，清乾隆六十年（1795）刊行，北京：中國戲曲藝術中心，1986。

6. 〔清〕顧公燮：《消夏閑記摘鈔》，清乾隆末年作，收入《叢書集成續編》第 96 冊，上海：上海書店，1994。

7. 〔清〕趙翼撰、姚元之點校：《簷曝雜記》，清嘉慶年間刊行，北京：中華書局，1982。

8. 〔清〕袁景瀾撰，甘蘭經、吳琴校點：《吳郡歲華紀麗》，清中葉鈔本，南京：江蘇古籍出版社，1998。

9. 〔清〕張亨甫（華胥大夫）：《金臺殘淚記》，清道光八年（1828）成書，

收入張次溪編纂：《清代燕都梨園史料》，北京：中國戲劇出版社，1988。

10. 〔清〕顧祿撰、王邁校點：《清嘉錄》，清道光十年（1830）刊行，南京：江蘇古籍出版社，1999。

11. 〔清〕蕊珠舊史：《長安看花記》，清道光十七年（1837）成書，收入張次溪編纂：《清代燕都梨園史料》。

12. 〔清〕錢泳撰、張偉點校：《履園叢話》，清道光十八年（1838）刊行，北京：中華書局，1979。

13. 〔清〕顧祿撰、王湜華校點：《桐橋倚棹錄》，清道光二十二年（1842）刊行，上海：上海古籍出版社，1980。

14. 〔清〕梁章鉅撰、陳鐵民點校：《浪跡叢談　續談　三談》，作於清道光二十六年（1846）至二十八年（1848），北京：中華書局，1981。

15. 〔清〕陳森著、孔翔點校：《品花寶鑑》，清道光二十九年（1849）刊行，北京：中華書局，2004。

16. 〔清〕毛祥麟：《對山書屋墨餘錄》，清同治九年（1870）刊行，收入《筆記小說大觀》七編，臺北：廣文書局，1991。

（六）詩文詞曲總集及別集

1. 唐圭璋編：《全宋詞》（北京：中華書局，1965），頁2181。

2. 〔明〕宋懋澄：《九籥集》，收入《續修四庫全書》第1374冊。

3. 〔明〕袁宏道著，錢伯城箋校：《袁宏道集箋校》，上海：上海古籍出版社，1981。

4. 〔明〕張岱撰，馬興榮點校：《陶庵夢憶》，北京：中華書局，2007。

5. 〔清〕沈德潛：《歸愚文鈔餘集》，清乾隆年間刊本，波士頓：哈佛大學燕京圖書館等藏。

6. 〔清〕王文治：《夢樓詩集》，收入《續修四庫全書》第1450冊。

7. 〔清〕姚鼐：《惜抱軒文集》，臺北：世界書局，1960。

8. 〔清〕潘奕雋：《三松堂集》，收入《續修四庫全書》第1461冊。

9. 〔清〕黃之雋（兆森）：《**唐堂集**》，乾隆年間刊行，波士頓：哈佛燕京圖書館等藏。

10. 〔清〕龔自珍：《龔自珍全集》，上海：上海人民出版社，1975。

11. 謝伯陽、凌景埏編：《全清散曲》，濟南：齊魯書社，1985出版、2006增補版。

（七）史書及方志

1. 趙爾巽、柯紹忞等：《清史稿》，臺北：洪氏出版社，1981。

2. 〔清〕李光祚修、顧詒祿等纂:《長洲縣志》,清乾隆十八年(1753)刊行,收入《中國地方志集成·江蘇府縣志輯》第 13 冊,南京:江蘇古籍出版社影印出版,1991。

3. 〔清〕宋如林修、石韞玉纂:《蘇州府志》,清道光四年(1824)刊行,臺北:中央研究院歷史語言研究所等藏。

4. 〔清〕李銘皖等修、馮桂芬等纂:《蘇州府志》,清光緒九年(1883)刊行,收入《江蘇省蘇州府志》第 4 冊,臺北:成文出版社影印出版,1970。

5. 曹允源、李根源纂:《民國吳縣志》,1933 年蘇州文新公司鉛印本,收入《中國地方志集成·江蘇府縣志輯》第 12 冊。

三、近人論著（依作者姓氏筆畫為序）

（一）專　書

1. 丁汝芹:《清代內廷演戲史話》,北京:紫禁城出版社,1999。

2. 上海崑曲研習社研究組編:《崑劇曲調》,上海:上海文化出版社,1958。

3. 天虛我生:《學曲例言》,附刊於《過雲閣曲譜》,上海:著易堂書局,1919。

4. 王守泰主編:《崑曲曲牌及套數範例集》(北套),上海:學林出版社,1997。

5. 王守泰主編:《崑曲曲牌及套數範例集》(南套),上海:上海文藝出版社,1994。

6. 王安祈《明代戲曲五論》,臺北:大安出版社,1990。

7. 王廷信:《崑曲與民俗文化》,瀋陽:春風文藝出版社,2005。

8. 王耀華等:《中國傳統音樂樂譜學》,福州:福建教育出版社,2006。

9. 丘慧瑩:《乾隆時期戲曲活動研究》,臺北:文津出版社,2000。

10. 任遵時:《王文治醉心音律》,紐澤西:戴永貞,1999。

11. 朱崑槐:《崑曲清唱研究》,臺北:大安出版社,1991。

12. 朱崇志:《中國古代戲曲選本研究》,上海:上海古籍出版社,2004。

13. 吳梅著,王衛民輯校:《吳梅戲曲論文集》,北京:中國戲劇出版社,1983。

14. 吳新雷:《二十世紀前期崑曲研究》,瀋陽:春風文藝出版社,2005。

15. 吳新雷:《中國戲曲史論》,南京:江蘇教育出版社,1996。

16. 吳新雷:《吳新雷崑曲論集》,臺北:國家出版社,2009。

17. 吳曉萍:《中國工尺譜研究》,上海:上海音樂學院出版社,2005。

18. 李昌集:《中國古代曲學史》,上海:華東師範大學出版社,1997。

19. 李昌集:《中國古代散曲史》,上海:華東師範大學出版社,1991。

20. 李玫:《明清之際蘇州作家群研究》,北京:中國社會科學出版社,2000。

21. 李殿魁等：《「戲曲曲譜檢索系統建置計畫」結案報告》，宜蘭：國立傳統藝術中心，2007。

22. 汪經昌：《曲學例釋》，臺北：中華書局，1963 初版、1984 五版。

23. 汪詩珮：《乾嘉時期崑劇藝人在表演藝術上因應之探討》，臺北：學海出版社，2000。

24. 周妙中：《清代戲曲史》，開封：中州古籍出版社，1987。

25. 周秦：《蘇州崑曲》，臺北：國家出版社，2002。

26. 周育德：《周育德戲曲論集》，臺北：國家出版社，2008。

27. 周維培：《曲譜研究》，南京：江蘇古籍出版社，1999。

28. 林逢源：《折子戲論集》，高雄：復文圖書有限公司，1992。

29. 林葉青：《清中葉戲曲家散論》，南京：江蘇古籍出版社，2002。

30. 林鶴宜：《規律與變異：明清戲曲學辨疑》，臺北：里仁書局，2003

31. 武俊達：《崑曲音樂研究》，北京：人民音樂出版社，1987。

32. 俞宗海輯錄：《度曲芻言》，上海笑舞台《劇場報》，1924.5，收入吳新雷：《二十世紀前期崑曲研究》附錄，瀋陽：春風文藝出版社，2005。

33. 俞爲民：《曲體研究》，北京：中華書局，2005。

34. 姚品文：《寧王朱權》，西雅圖：藝術與人文科學出版社，2002。

35. 洪惟助：《「崑曲曲牌與宮調研究」成果報告》，臺北：行政院國家科學委員會，2004.12、2006.1、2006.12。

36. 洛地：《洛地戲曲論集》，臺北：國家出版社，2006。

37. 洛地：《詞樂曲唱》，北京：人民音樂出版社，1995。

38. 胡忌、劉致中：《崑劇發展史》，北京：中國戲劇出版社，1989。

39. 郁元英編：《譜曲初階》，臺北：郁氏印獎會，1977。

40. 孫崇濤：《風月錦囊考釋》，北京：中國戲劇出版社，2000。

41. 孫從音：《中國崑曲腔詞格律及應用》，上海：上海音樂出版社，2003。

42. 桑毓喜：《崑劇傳字輩》，蘇州：江蘇文史資料編輯部，2000。

43. 康保成：《蘇州劇派研究》，廣州：花城出版社，1993。

44. 張九、石生潮：《湘劇高腔音樂研究》，北京：人民音樂出版社，1981。

45. 張敬：《清徽學術論文集》，臺北：華正書局，1993。

46. 許子漢：《明傳奇排場三要素發展歷程之研究》，臺北：國立臺灣大學出版委員會，1999。

47. 許之衡：《曲律易知》，1922 年許氏飲流齋刻本，臺北：郁氏印獎會，1979。

48. 許姬傳：《許姬傳七十年見聞錄》，北京：中華書局，1985。

49. 郭英德:《明清傳奇綜錄》,石家莊:河北教育出版社,1997。

50. 陳芳:《乾隆時期北京劇壇研究》,臺北:學海出版社,2000。

51. 陸萼庭:《崑劇演出史稿「修訂本」》,臺北:國家出版社,2002。

52. 陸萼庭:《清代戲曲家叢考》,上海:學林出版社,1995。

53. 陸萼庭:《清代戲曲與崑劇》,臺北:國家出版社,2005。

54. 曾永義:《中國古典戲劇選注》,臺北:國家出版社,1994。

55. 曾永義:《參軍戲與元雜劇》,臺北:聯經出版事業,1992。

56. 曾永義:《從腔調說到崑劇》,臺北:國家出版社,2002。

57. 曾永義:《論說戲曲》,臺北:聯經出版事業有限公司,1997。

58. 曾永義:《戲曲與歌劇》,臺北:國家出版社,2004。

59. 華傳浩演述、陸兼之記錄整理:《我演崑丑》,上海:上海文藝出版社,1961。

60. 隋樹森:《《雍熙樂府》曲文作者考》,北京:書目文獻出版社,1985。

61. 黃翔鵬:《黃翔鵬文存》,濟南:山東文藝出版社,2007。

62. 甯忌浮:《《洪武正韻》研究》,上海:上海辭書出版社,2003。

63. 楊易霖:《周詞定律》,臺北:學海出版社,1975。

64. 楊惠玲:《戲曲班社研究:明清家班》,廈門:廈門大學出版社,2006。

65. 楊蔭瀏:《中國音樂史綱》,北京:音樂出版社,1955。

66. 路應昆:《高腔與川劇音樂》,北京:人民音樂出版社,2001。

67. 雷競璇編:《崑劇朱買臣休妻——張繼青姚繼焜演出版本》,香港:牛津大學出版社,2007。

68. 趙蔭棠:《中原音韻研究》,上海:商務印書館,1956 重印版。

69. 劉水云:《明清家樂研究》,上海:上海古籍出版社,2005。

70. 蔣星煜:《《西廂記》的文獻學研究》,上海:上海古籍出版社,1997。

71. 蔡孟珍:《曲韻與舞台唱唸》,臺北:里仁書局,1997。

72. 鄭西村:《崑曲音樂與填詞》,臺北:學海出版社,2000。

73. 鄭振鐸:《鄭振鐸文集》,北京:人民文學出版社,1988。

74. 鄭騫:《景午叢編》,臺北:臺灣中華書局,1972。

75. 鄭騫:《龍淵述學》,臺北:大安出版社,1992。

76. 鄧長風:《明清戲曲家叢考》,上海:上海古籍出版社,1994。

77. 黎建明:《湘劇音樂概論》,北京:人民音樂出版社,1999。

78. 顏長珂:《戲曲文學論稿》,北京:文化藝術出版社,2008。

79. 顧篤璜:《崑劇史補論》,南京:江蘇古籍出版社,1987。

（二）戲曲志

1. 方家驥、朱建明主編:《上海崑劇志》,上海:上海文化出版社,1998。

2. 蘇州市文化局、蘇州戲曲志編輯委員會編:《蘇州戲曲志》,蘇州:古吳軒出版社,1998。

（三）單篇論文

1. 王正來:〈關於崑曲音樂的曲腔關係問題〉,《戲曲研究通訊》第二、三期（2004.8）,頁 26～51;《藝術百家》2004 年第三期,頁 50～63。

2. 王安祈:〈《單刀會》的流傳與演出〉,收入關漢卿國際學術研討會編輯委員會:《關漢卿國際學術研討會論文集》,臺北:行政院文化建設委員會,1984,頁 139～165。

3. 王安祈:〈崑劇在臺灣的現代意義〉,《臺大中文學報》第十四期（2001.5）,頁 221～258。

4. 王璦玲:〈私情化公:明清劇作家之自我敘寫與其戲劇展演〉,收入熊秉眞主編:《欲掩彌彰──中國歷史文化中的「私」與「情」──私情篇》,臺北:漢學研究中心,2003,頁 81～158。

5. 石小梅:〈石頭寒月照疏梅〉,「石頭書屋」崑曲藝術網站轉載:http://www.rock-publishing.com.tw/kanqu/forum/anthology/default_004.asp。

6. 伏滌修:〈明清時期北《西廂記》演唱情形考〉,《戲曲藝術》（中國戲曲學院學報）第二十七卷第三期（2006.8）,頁 63～68。

7. 朱堯文:〈譜曲法〉,《戲曲月輯》第一卷第一、二、四、五輯（1942 年 1、2、4、5 月）,頁 73～82、175～184、339～342、397～405。

8. 吳志武:〈《新定九宮大成南北詞宮譜》收錄的元明雜劇考〉,《天津音樂學院學報》（天籟）2008 年第一期,頁 9～16。

9. 吳新雷:〈《牡丹亭》崑曲工尺譜全印本的探究〉,《戲劇研究》創刊號（2008.1）,頁 109～130。

10. 吳新雷:〈關於《長生殿》全本工尺譜的印行本〉,《戲曲學報》第一期（2007.6）,頁 123～136。

11. 李國俊:〈《納書楹曲譜》「時劇」音樂試析〉,發表於世界崑曲與臺灣腳色──崑曲國際學術研討會,2005;後收入洪惟助主編:《名家論崑曲》,臺北:國家出版社,2010,頁 885～906。

12. 李惠綿:〈從音韻學角度論明代崑腔度曲論之形成與建構〉,《中國文哲研究集刊》第三十一期（2007.9）,頁 75～119。

13. 李惠綿:〈從音韻學角度論清代度曲論的傳承與開展〉,《漢學研究》第二十六卷第二期（2008.6）,頁 185～218。

14. 李殿魁：〈「滾調」再探〉，收入華瑋、王瓊玲編：《明清戲曲國際研討會論文集》，臺北：中央研究院中國文哲研究所籌備處，1998，頁 715～775。

15. 周育德：〈《牡丹亭》明清版本的時代文化印記〉，見「中國湯顯祖文化網」：http://www.suichang.gov.cn/txz/txzyj/yzyj/t20070829_303935.htm。

16. 林佳儀：〈《納書楹曲譜》之集曲作法初探〉，《臺灣音樂研究》第六期（2008.4），頁 95～130。

17. 林佳儀：〈《綴白裘》之〈昭君出塞〉劇作淵源與流播〉，《臺灣音樂研究》第二期（2006.4），頁 143～165。

18. 林佳儀：〈南、北曲交化下曲牌變遷之考察〉，《戲曲學報》第四期（2008.12），頁 153～192。

19. 林佳儀：〈試論葉堂《納書楹四夢全譜》宛轉相就之法〉，收入《2006 第五屆國際青年學者漢學會議論文集》，臺北：輔仁大學，2007，頁 108～132。

20. 林逢源：〈北曲套式中的【煞】和【尾聲】——以《納書楹曲譜》參證〉，發表於世界崑曲與臺灣腳色——崑曲國際學術研討會，2005；後收入洪惟助主編：《名家論崑曲》，臺北：國家出版社，2010，頁 925～958。

21. 林逢源：〈傳奇南套尾聲的板式變化〉，《彰化師範大學學報》第三期（1992），頁 103～126。

22. 施德玉：〈集曲體式之研究〉，《戲曲學報》第二期（2007.12），頁 125～150。

23. 洪惟助：〈從撓喉捩嗓到歌稱繞樑的《牡丹亭》〉，收入華瑋主編：《湯顯祖與牡丹亭》，臺北：中央研究院中國文哲研究所，2005，頁 737～780。

24. 洪惟助、洪敦遠：〈初探崑曲曲牌是否有「個性」？——以【喜遷鶯】為例〉，發表於世界崑曲與臺灣腳色——崑曲國際學術研討會，2005。

25. 洛地：〈犯〉，《中國音樂》（季刊）2005 年第四期，頁 17～22。

26. 洛地：〈魏良輔·湯顯祖·姜白石——曲唱與曲牌的關係〉，《民俗曲藝》第一百四十期（2003.6），頁 5～31。

27. 洛地：〈關於崑班演出本〉，收入姜智主編：《戲曲藝術二十年紀念文集·戲曲表演卷》（北京：中國戲劇出版社，2000），頁 365～386。

28. 孫書磊：〈秦子陵及其《如意珠》傳奇創作考辨——兼論新發現的《紅羅記》傳奇稿本〉，《文學遺產》2004 年五期，頁 107～114。

29. 徐宏圖：〈南戲《姜詩躍鯉記》遺存考〉，《浙江藝術職業學院學報》第三卷第三期（2005.9），頁 54～56。

30. 徐扶明：〈崑劇中時劇初探〉，《藝術百家》1990 年第一期，頁 81～86、128。

31. 袁行云：〈清乾隆間揚州官修戲曲考〉，《戲曲研究》第二十八輯（北京：文化藝術出版社，1998.12），頁 225～244。

32. 高嘉穗：〈南曲集曲結構探微——以《新訂九宮大成南北詞宮譜》的【商調】集曲爲例〉，《臺灣音樂研究》第六期（2008.4），頁131～166。

33. 尉遲治平：〈欲賞知音　非廣文路——《切韻》性質的新認識〉，收入何大安主編：《古今通塞：漢語的歷史與發展——第三屆國際漢學會議論文集（語言組）》，臺北：中央研究院，2003，頁157～185。

34. 許莉莉：〈論明清時期文人曲詞對南北曲曲牌定腔的影響〉，《齊魯學刊》2007年第一期，頁70～74。

35. 陳新鳳：〈《納書楹曲譜》的記譜法與崑曲音樂〉，《音樂研究》2006年第二期，頁26～30。

36. 傅雪漪：〈明清戲曲腔調尋蹤〉，《戲曲研究》第十五輯，北京：文化藝術出版社，1985.9，頁95～111。

37. 曾永義：〈再探戲文和傳奇的分野及其質變過程〉，《臺大中文學報》第二十期（2004.6），頁87～134。

38. 曾永義：〈論說「折子戲」〉，《戲劇研究》創刊號（2008.1），頁1～82。

39. 路應昆：〈中國牌調音樂背景中的崑腔曲牌〉，發表於崑曲與非實務文化傳承國際研討會，2007。

40. 路應昆：〈文、樂關係與詞曲音樂演進〉，發表於世界崑曲與臺灣腳色——崑曲國際學術研討會，2005；後收入洪惟助主編：《名家論崑曲》，臺北：國家出版社，2010，頁1011～1038；《中國音樂學》2005年第3期，頁70～80。

41. 路應昆：〈明代「絃索調」略考〉，《天津音樂學院學報（天籟）》2000年第一期，頁11～16。

42. 劉致中：〈家家『收拾起』，戶戶『不提防』考辨〉，《戲曲學報》第一期（2007.6），頁215～236。

43. 譚雄：〈對《太古傳宗》與《納書楹曲譜》中《西廂記》曲譜的比較研究〉，《天津音樂學院學報（天籟）》2006年第二期，頁37～44。

44. 顧兆琳：〈崑曲曲調的展開手法〉，收入姜智主編：《戲曲藝術二十年紀念文集·戲曲導演、音樂、舞台美術卷》（北京：中國戲劇出版社，2000），281～309。

（四）學位論文

1. 卜致立：《北曲【貨郎兒】音樂研究》，臺北：臺北藝術大學傳統藝術所碩士論文，2006。

2. 古嘉齡：《「江湖十二腳色」之探索》，臺北：政治大學中文系碩士論文，1999。

3. 李佳蓮：《清初蘇州崑腔曲律研究——以《寒》《廣》二譜與傳奇作品爲論

述範疇》，臺北：臺灣大學中文系博士論文，2007。

4. 周丹：《崑曲清唱與劇唱比較研究》，北京：中國傳媒大學音樂學碩士論文，2009。

5. 林文俊：《北雜劇曲牌：王西廂【雙調・新水令】套曲牌音樂研究》，臺北：文化大學藝術所碩士論文，1994。

6. 林佳儀：《元雜劇情節結構與音樂關係之研究──以現存【中呂宮】全套樂譜之劇本為對象》，臺北：政治大學中文系碩士論文，2001。

7. 陳凱莘：《崑劇《牡丹亭》舞台藝術演進之探討──以《牡丹亭》晚明文人改編本及折子戲為探討對象》，臺北：臺灣大學戲劇所碩士論文，1999。

8. 陳慧珍：《明代《牡丹亭》批評與改編之研究》，臺北：臺灣大學中文系博士論文，2008。

9. 黃慧玲：《湯顯祖《四夢》中同名曲牌音樂之研究》，臺北：文化大學藝術所碩士論文，1995。

四、演出錄影及節目單（略依出版先後為序）

1. 《崑劇選輯》錄影帶，臺北：行政院文化建設委員會，1992 錄製。

2. 《崑劇選輯》（二）錄影帶，臺北：行政院文化建設委員會，1995 錄製。

3. 《中國崑劇藝術團精選》錄影帶，臺北：國立傳統藝術中心籌備處，1997 錄製。

4. 《秣稜蘭薰、秣陵蘭蘊崑曲精選合輯》DVD，宜蘭：國立傳統藝術中心，2002。

5. 青春版《牡丹亭》DVD，臺北：公共電視文化事業基金會，2004。

6. 《牡丹亭》DVD，北京：中國科學文化音像出版社，出版年不詳。

7. 《牡丹亭・冥判》【後庭花】錄影，http://mymedia.yam.com/m/1606357。

8. 「秣陵蘭薰」節目單，臺北：新舞台 1998.11.11～18 演出。

9. 「跨世紀千禧崑劇菁英大匯演」節目單，臺北：國家戲劇院，2000.12.11～24、臺北：新舞臺，2001.1.9～14 演出。

10. 「京朝雅音　燕趙悲歌──北方崑曲劇院」節目單，臺北：新舞台 2002.3.16～20 演出。

11. 1/2Q 劇場《戀戀南柯──療傷系水磨情歌》節目單，臺北：國家戲劇院實驗劇場，2006.12.1～3 演出。

12. 北方崑曲劇院大都版《西廂記》節目單，北京：保利劇院，2008.11.11～14 演出。

13. 上海崑劇團印象版《南柯記》節目單，上海：上海音樂學院賀綠汀音樂廳，2009.12.23 演出。

14. 上海崑劇團偶像版《紫釵記》節目單，上海：東方藝術中心，2008.12.31
　　～2009.1.1 演出。

五、工具書（依作者姓氏筆畫爲序）

（一）辭　典

1. 王森然遺稿，《中國劇目辭典》擴編委員彙編：《中國劇目辭典》，石家莊：
　　河北教育出版社，1997。

2. 中國藝術研究院音樂研究所《中國音樂詞典》編輯部：《中國音樂詞典》，
　　北京：人民音樂出版社，1985。

3. 吳新雷主編：《中國崑劇大辭典》，南京：南京大學出版社，2002。

4. 洪惟助主編：《崑曲辭典》，宜蘭：國立傳統藝術中心，2002。

5. 齊森華、陳多、葉長海主編：《中國曲學大辭典》，杭州：浙江教育出版社，
　　1997。

（二）索引及目錄

1. 中國國家圖書館善本特藏部、北京大學數據分析研究中心聯合研製：「中
　　國古籍善本書目聯合導航系統」，建置於網站 http://202.96.31.45/。

2. 李殿魁、林佳儀、陳美如、高嘉穗、劉佳佳：「戲曲曲譜檢索系統」，建置
　　於國立臺灣傳統藝術總處籌備處臺灣音樂中心網站：http://210.241.82.1/
　　qupu/，2007。

3. 洪惟助主編：《崑曲研究資料索引》，臺北：國家出版社，2002。

4. 國立故宮博物院：「清代檔案人名權威資料查詢」，國立故宮博物院館藏資
　　料庫，http://www.npm.gov.tw/zh-tw/learning/library/archives.htm。

5. 曹安和編：《現存元明清南北曲全折（齣）樂譜目錄》，北京：人民音樂出
　　版社，1989。

（三）彙　編

1. 王利器輯：《元明清三代禁毀小說戲曲史料》增訂本，上海：上海古籍出
　　版社，1981。

2. 周妙中：〈歷代曲家年里字號室名綜表〉，刊於《曲苑》第一輯，南京：江
　　蘇古籍出版社，1984，頁 269～342。

3. 蔡毅編著：《中國古典戲曲序跋彙編》，濟南：齊魯書社，1989。

附　錄

附錄一　曲譜發展脈絡示例

說明：

1、此乃配合緒論之「曲譜發展脈絡圖」所列之七種發展情形，各舉一種曲譜為例，以見內容愈益豐富，重點亦見轉變。

2、標示各譜卷次及影印出版之頁碼如下，出版資料詳見參考書目：《中原音韻》，「定格」四十首，頁 237。《太和正音譜》，譜下，頁 266。《增定南九宮譜》，卷一，頁 120。《南詞定律》，卷四，冊一，頁 488。《納書楹曲譜》，正集卷一，《琵琶記‧喫糠》，頁 92～93。《過雲閣曲譜》，《琵琶記‧喫糠》，頁 170。《集成曲譜》，金集卷二，《琵琶記‧喫糠》，頁 307～308。

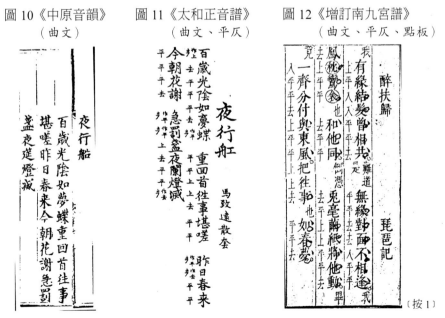

圖 10《中原音韻》（曲文）　　圖 11《太和正音譜》（曲文、平仄）　　圖 12《增訂南九宮譜》（曲文、平仄、點板）

按 1，《增訂南九宮譜》之符號，字上加○者為閉口字。

圖 13 《南詞定律》
（曲文、點板、工尺）

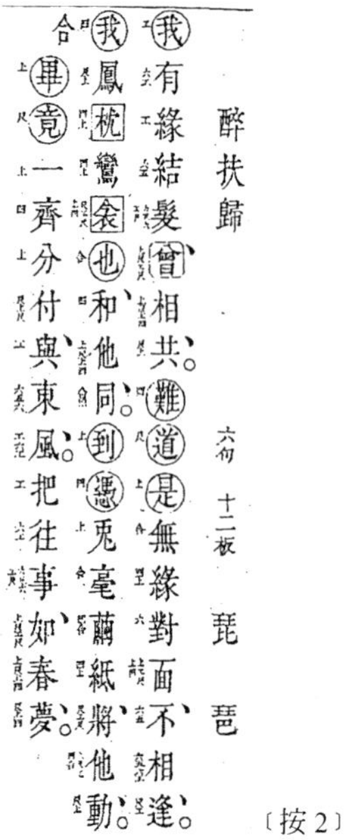

圖 14 《納書楹曲譜》
（曲文、板眼、工尺）

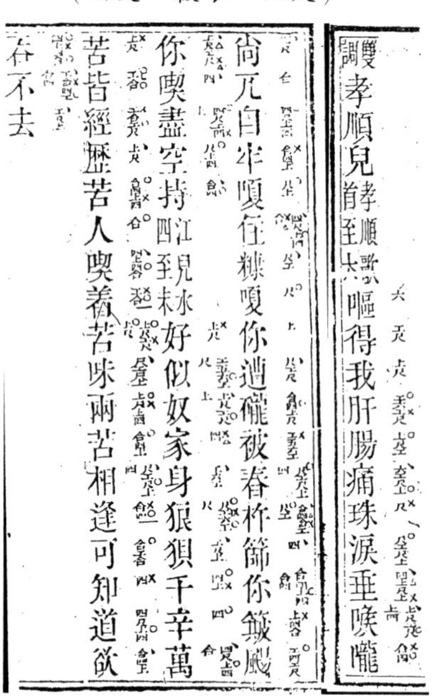

按 2，《南詞定律》之符號，字上加○者爲襯字，字上加⬭者收鼻音，字上加□者爲閉口字。

圖 15 《遏雲閣曲譜》（曲文、板眼、工尺、唸白）

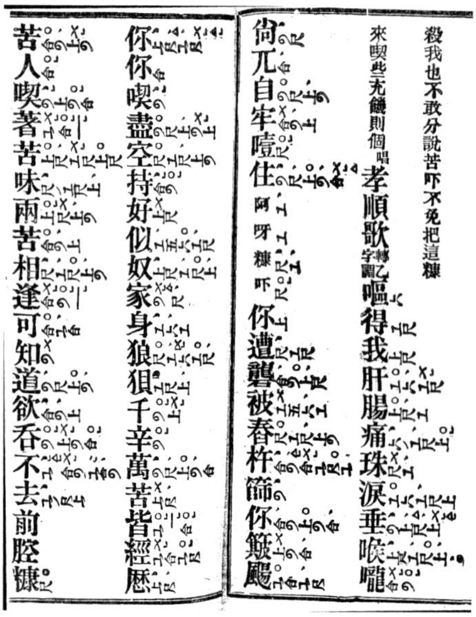

圖 16 《集成曲譜》（曲文、板眼、工尺、唸白、科介、鑼鼓）

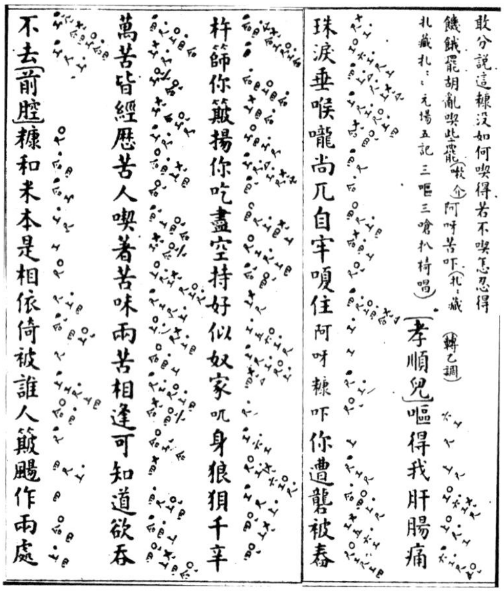

附錄二　葉堂初刻《西廂記譜》〈自序〉〔註1〕

　　余讀郭茂倩所輯《樂府》，自漢訖唐，諸體咸備，而其聲音節奏逸矣無傳，不能不致慨于古樂之淪亡也。竊謂今之詞曲，猶古之樂府，何以塡詞者嚴字句平仄之辨，度曲者審宮調音節之微，幾于心相印而口〔相〕〔傳〕，豈非恃有譜哉？惟是《南北九宮〔大〕〔成〕〔譜〕》〔下〕數十家，所收之曲，意在無〔體〕不備，不計詞之工拙，觀者有玉石〔雜〕〔光〕之憾，是皆藉曲以傳譜，非藉譜以傳曲者。

　　余少嗜音律，沉酣於此中者三十年，所蓄元、明以來，院本、傳奇二百餘種，往往搴取其尤，被之絲竹。獨王實父之《西廂》、施君美之《幽閨》、高則誠之《琵琶》、湯若士之《四夢》、洪昉思之《長生殿》，愛其工妙，製爲全譜。

　　間嘗論之，實父《西廂》固稱花間美人，余謂此未知實父者。《西廂》之文，蒼勁秀媚，兼而有之，正如雨後秋山，青翠欲滴，又如岩側叢蘭，幽香自憐。所恨續之四折，文不雅馴，而嗜痂者反謂之是關漢卿之筆，勝於王作。關在當日，有瓊筵醉客之評。夫瓊筵之客，丰神可想，使其既醉如灌夫罵座，人亦不堪，特以流傳既久，刪之恐爲耳食者詫，故仍附而存之。又世所行《第六才子書》，與《西廂》原本頗有不同，蓋彼或增減改易以爲雋巧，其於律之不諧、格之不合，有所弗顧，此在知音嗜古之士必能辨之，無俟贅言也。

　　《幽閨》、《琵琶》，南詞鼻祖，譬之太羹元酒，淡而彌永，即間施粉澤，亦如霜前叢菊，雪後疏梅，娟秀中自具骨幹。《琵琶》固膾炙人口，無待表□，特於後人改竄處摘出一二，以見全璧。《幽閨記》中特多古曲，其遭改竄之厄亦獨多，不得不力爲澌刷。臨川天才俊逸，欲如高施兩家渾金璞玉，不假雕琢，顧自患才多不能斂束，且由質而文，風氣使然，以故別開一境，妙於言情。其文猶春花乍吐，似笑如顰，非剪綵之工所能彷彿，幾欲於《西廂》之外獨居一席。

　　《四夢》中惟《還魂記》有鈕少雅之全譜，於其句之不合、字之不諧者，務使之妥適而後巳，不可謂非臨川之功臣，間有一二未愜者，爲更定之。《紫釵記》乃紅泉舊本，玉茗取而點綴之，世無演者，故其曲未經改竄，獨此與

〔註1〕　按：以北京首都圖書館藏《西廂記譜》爲底本，字跡漫漶不清或無法辨識者，以□表示；若約略可辨，並據上下文補入之字，加〔〕區別；又段落爲筆者據文意所分。

－305－

《西廂記譜》皆余手定，比於少雅之《還魂記》，未敢多讓。《南柯》、《邯鄲》，如火如錦，雅俗共賞，惜今所演者為臧晉叔改本，意斂詞促，殊失作者之旨，茲特還其舊觀，亦並無聱牙棘口之病。

《長生殿》命題冠冕，選詞喬皇，其步武前人之處，直欲青勝於藍，又能自出心裁，另創集曲之名，非洞曉音律者不辦。其遜於臨川者，乏天然之趣耳，然近今以來，允稱傑構。凡此皆藉譜以傳曲，非藉曲以傳譜者，蓋余三十年之心力畢於是矣。

譜既成，欲梓以問世，力有未逮，以《西廂》之工易竣，且別無他譜行世，先付諸剞劂氏。襄是役者，金子曉涵也。

乾隆甲辰仲冬，東吳葉懷庭書於納書楹。

附錄三　葉譜選錄劇目及齣目一覽表

說明：

1、由於葉堂編選《納書楹曲譜》時，各集之間劇目的排列，乃依個人好尚，〔註2〕
　　而補遺所選，又多已選劇目的散齣，故雖屬同一劇目，卻散見各集，爲便於綜覽葉
　　譜內容，各體製之下，盡量依作品時代排序，再將分見各集的散齣，註記原劇折齣
　　數後，依序羅列。

2、葉堂於劇目名稱偶有誤植，下表中所列皆爲訂正後的名稱，原著錄情形則於註腳
　　說明。

3、齣目著錄示例：「3訓子（續2）」表出自《單刀會》第三折，見《納書楹曲譜》續
　　集卷二。「1驚豔（西1）」表出自《北西廂》第一本第一折，見《西廂記全譜》卷
　　上。表中折齣數依劇本，齣目則依曲譜著錄；無齣數者，表僅存零折（齣）。〔註
　　3〕

4、齣目下加底線者，表示自《九宮大成譜》至《崑曲集淨》，在已刊之曲譜中，爲僅
　　存的崑曲全齣樂譜。

5、本表以李殿魁、林佳儀、陳美如、高嘉穗、劉佳佳：「戲曲曲譜檢索系統」爲基礎
　　製作，見國立臺灣傳統藝術總處籌備處臺灣音樂中心網站：http://210.241.
　　82.1/qupu/。

6、主要參考資料：《全元曲》、《六十種曲》、《古本戲曲叢刊》、《李玉戲曲集》及相關
　　劇作刊本；《現存元明清南北曲全折（齣）樂譜目錄》、《明清傳奇綜錄》、《崑曲辭
　　典》、《中國崑劇大辭典》等專著及工具書。〔註4〕

7、葉譜總計選錄雜劇、戲文、傳奇、時劇等，共130種，計552齣；另有散曲，計
　　14種。

一、雜　劇

　　《納書楹曲譜》、《西廂記全譜》，廣收歷代雜劇，但以元雜劇爲最。葉譜
收錄雜劇23種，計65折，製表如下：

〔註2〕葉堂刊行《納書楹曲譜》正集、續集、外集時，將各劇目的散齣彙集於一卷
　　　　之中，例外的只有四種：《南西廂》收入續集卷二，但〈驚夢〉見正集卷三。
　　　　《紅梨記》收入續集卷一，但〈問情〉見正集卷三。《西樓記》收入續集卷三，
　　　　但〈俠試〉見正集卷三。《長生殿》共錄31齣，其中24齣收入正集卷四，首
　　　　爲〈定情〉，末爲〈重圓〉；但另有7齣見於續集卷一。

〔註3〕但《爛柯山》則尚未覆核，北京：中國藝術研究院戲曲研究所藏抄本。

〔註4〕爲省篇幅，諸書出版資料詳見文後「參考書目」。

劇　目	作者	齣　　　目			
單刀會〔註5〕	關漢卿	3 訓子（續2）	4 單刀（正2）		
唐三藏〔註6〕	吳昌齡	北餞（正2）	回回（續2）		
西廂記（北西廂）	王實甫	1 驚豔（西1）	2 借廂（西1）	3 酬韻（西1）	4 鬧齋（西1）
		1 寺警（西1）	學子 傳書（西1）	2 請宴（西1）	3 賴婚（西1）
		4 琴心（西1）			
		1 前候（西2）	2 鬧簡（西2）	3 賴簡（西2）	4 後候（西2）
		1 酬簡（西2）	2 拷豔（西2）	3 哭宴（西2）	4 驚夢（西2）
		1 報捷（西3）	2 緘愁（西3）	3 求配（西3）	4 榮歸（西3）
東窗事犯	孔文卿	2 掃秦（正2）			
兩世姻緣	喬吉	2 離魂（正2）			
不伏老	楊梓	3 北詐（正2）			
昊天塔	朱凱	4 五臺（正2）			
氣英布	尚仲賢	1 賺布（正2）			
紅梨花	張壽卿	3 賣花（正2）			
楊貴妃〔註7〕	岳伯川	馬踐（續2）			
追韓信〔註8〕	金仁傑	2 追信（續2）	3 點將（續2）		
蘇武還朝	周文質	3 告雁（正2）	4 還朝（補1）		
風雲會〔註9〕	羅貫中	3 訪普（正2）			
西遊記〔註10〕	楊景賢	2 撇子（續3）	3 認子（續3）	5 餞行（補1）	6 胖姑（續3）
		10 定心（補1）	11 伏虎（續3）	12 揭缽（補1）	15 女還（續3）
		17 女國（補1）	19 借扇（續3）	增 思春（外2）	
馬陵道	佚名	1 擺陣（正2）	3 孫詐（正2）	4 擒龐（正2）	
貨郎旦	佚名	4 女彈（正2）			

〔註 5〕　《納書楹曲譜》收錄〈訓子〉時，原題《三國志》。
〔註 6〕　《納書楹曲譜》收錄〈北餞〉時，原題《蓮花寶筏》。按，《唐三藏西天取經》劇作，今僅能從《蓮花寶筏》輯出二折。
〔註 7〕　《納書楹曲譜》原題《天寶遺事》。《楊貴妃》僅存零折。
〔註 8〕　《納書楹曲譜》原題《千金記》。
〔註 9〕　《納書楹曲譜》原題《雍熙樂府》。
〔註 10〕　《納書楹曲譜》收錄〈思春〉時，原題《俗西遊記》。

劇　目	作者	齣		目	
連環計	佚名	2 北拜（續 2）			
漁樵記	佚名	1 漁樵（續 2）	2 逼休（外 1）	3 寄信（外 1）	
義勇辭金〔註 11〕	朱有燉	4 挑袍（正 2）			
四聲猿〔註 12〕	徐渭	罵曹（正 2）			
四才子〔註 13〕	黃兆森	1 冶遊（補 2）	2 婉諷（補 2）	3 索姝（補 2）	4 豔醋（補 2）
		4 雙圓（補 2）			
吟風閣〔註 14〕	楊潮觀	罷宴（外 2）			
四絃秋	蔣士銓	4 送客（補 2）			

二、戲　文〔註 15〕

《納書楹曲譜》共收戲文 13 種，計 73 齣，製表如下：

劇　目	作者	齣		目	
荊釵記	柯九思	6 議親（續 4）	9 繡房（續 4）	¹⁴₁₅回門（補 1）	16 赴試（補 1）
		18 閨思（續 4）	22 前拆（補 1）	27 別任（補 1）	24 大逼（補 1）
		27 憶母（續 4）	30 女祭（續 4）	31 見娘（補 1）	32 發書（續 4）
		34 回書（續 4）	35 男祭（續 4）	36 夜香（續 4）	39 開眼（續 4）
		41 上路（續 4）	48 女舟（續 4）	增釵圓（外 2）	
白兔記	佚名	19 養子（補 3）	32 麻地（續 2）		
幽閨記	施惠	7 結盟（正 3）	13 走雨（正 3）	14 出關（正 3）	17 踏傘（正 3）
		26 驛會（正 3）	28 店會（補 1）	32 拜月（正 3）	

〔註 11〕　《納書楹曲譜》原題《古城記》。
〔註 12〕　《狂鼓吏漁陽三弄》爲《四聲猿》其中一種，又稱《罵曹》，屬短劇。
〔註 13〕　《夢揚州》爲《四才子》其中一種。葉堂爲《夢揚州》全本訂譜，但將第四折分爲〈豔醋〉、〈雙圓〉兩齣。
〔註 14〕　《吟風閣》爲楊潮觀 32 種短劇作品集，《寇萊公思親罷宴》爲其中一種。
〔註 15〕　關於「戲文」與「傳奇」的分別及作品歸屬，參考曾永義：〈再探戲文和傳奇的分野及其質變過程〉，《臺大中文學報》第二十期（2004.6），頁 87～134；許子漢：《明傳奇排場三要素發展歷程之研究》（臺北：國立臺灣大學出版委員會，1999），頁 239～241、637～646。

劇　目	作者	齣			目
殺狗記	徐畭	12 雪救（外2）			
琵琶記	高明	2 稱慶（正1）	3 規奴（正1）	4 逼試（正1）	5 分別（正1）
		6 訓女（正1）	7 登程（正1）	9 梳粧（正1）	11 飢荒（正1）
		15 愁配（補1）	16 陳情（正1）	17 關糧（補1）	20 喫飯（正1）
		21 喫糠（正1）	22 賞荷（正1）	24 思鄉（正1）	25 剪髮（正1）
		28 賞秋（正1）	29 描容（正1）	30 盤夫（正1）	31 諫父（正1）
		35 廊會（正1）	37 書館（正1）	38 掃松（正1）	39 別丈（正1）
江天雪	佚名	走雪（外1）			
牧羊記〔註16〕	佚名	7 煎粥（續2）	9 小逼（續2）	16 牧羊（續2）	18 望鄉（續2）
		20 告雁（續2）			
金印記	佚名	8 逼釵（續2）	18 刺股（補3）	24 背劍（續2）	34 封贈（補3）
千金記〔註17〕	沈采	虞探（續4）			
躍鯉記	佚名	思母（續4）	看穀（續4）		
連環記	王濟	13 賜環（補2）	16 問探（外1）	18 拜月（外1）	
寶劍記	李開先	37 夜奔（補2）			
明珠記	陸采	5 煎茶（補1）	33 假詔（補1）	37 俠隱（外1）	

三、明傳奇

　　葉譜中最大宗者爲明傳奇的全本樂譜及散齣樂譜，包括《納書楹曲譜》、《四夢全譜》，共40種，計292齣，製表如下：

劇　目	作者	齣			目
浣紗記	梁辰魚	2 前訪（正3）	12 訪聖（正3）	23 後訪（正3）	27 分紗（正3）
		30 採蓮（補1）	32 儲諫（正3）	33 賜劍（正3）	34 思越（正3）
		增誓師（補1）	45 泛湖（正3）		
鳴鳳記	佚名	14 寫本（外2）			

〔註16〕葉堂原將〈7 煎粥〉置於〈18 望鄉〉之後，此按原劇順序排列。
〔註17〕〈虞探〉乃集綴《千金記》第35、36齣等而成。

劇　目	作者	齣　　　　　　　　　目			
南西廂	李日華	5 遊殿（續2）	9 酬韻（續2）	17 請宴（續2）	19 聽琴（正3）
		20 寄柬（續2）	23 跳牆（補1）	25 送方（續2）	27 佳期（續2）
		29 長亭（續2）	30 驚夢（正3）		
繡襦記	佚名	11 勸嫖（補2）	25 打子（補2）	31 蓮花（補2）	33 剔目（外2）
焚香記	王玉峰	26 陽告（續3）	27 陰告（續3）		
釵釧記	佚名	28 謁師（補3）			
玉簪記	高濂	10 手談（續1）	11 佛會（續1）	14 茶敘（續1）	16 琴挑（續1）
		19 偷詩（續1）	21 阻約（續1）	23 秋江（續1）	
祝髮記	張鳳翼	19 祝髮（正3）	24 渡江（正3）		
紅拂記	張鳳翼	2 靖渡（續4）			
虎符記	張鳳翼	20 勸降（補2）			
八義記	佚名	9 翳桑（補1）	31 付孤（補1）	41 觀畫（補1）	
曇花閣	屠隆	5 點迷（補1）			
義俠記	沈璟	4 打虎（補2）			
一種情〔註18〕	沈璟	9 冥勘（外2）	11 拾釵（外2）		
葛衣記	顧大典	26 嘲笑（續4）			
紫釵記	湯顯祖	2 言懷（紫1）	3 插釵（紫1）	4 述嬌（紫1）	5 觀燈（紫1）
		6 墜釵（紫1）	7 托媒（紫1）	8 議婚（紫1）	9 得信（紫1）
		10 假駿（紫1）	11 閨誶（紫1）	12 贈駿（紫1）	13 就婚（紫1）
		14 試喜（紫1）	15 選士（紫1）	16 園盟（紫1）	17 赴洛（紫1）
		18 尹餞（紫1）	19 守塞（紫1）	20 望捷（紫1）	21 題名（紫1）
		22 計貶（紫1）	23 榮歸（紫1）	24 絮別（紫1）	25 折柳（紫1）
		26 隴吟（紫1）	27 倩訪（紫1）	28 番釁（紫1）	29 軍宴（紫1）
		30 欷櫬（紫1）	31 避暑（紫2）	32 局計（紫2）	33 七夕（紫2）
		34 邊愁（紫2）	35 還朝（紫2）	36 觀屏（紫2）	37 移參（紫2）
		38 哨訛（紫2）	39 裁詩（紫2）	40 泣箋（紫2）	41 延媒（紫2）
		42 拒婚（紫2）	43 婉覆（紫2）	44 賣釵（紫2）	45 旁歎（紫2）
		46 哭釵（紫2）	47 撒錢（紫2）	48 俠評（紫2）	49 圓夢（紫2）
		50 歎釵（紫2）	51 遇俠（紫2）	52 釵圓（紫2）	53 宣恩（紫2）

〔註18〕　〈冥勘〉，又稱〈炳靈公〉。

劇　目	作者	齣			目
牡丹亭〔註19〕	湯顯祖	2 言懷（牡1）	3 訓女（牡1）	4 腐歎（牡1）	5 延師（牡1）
		6 悵眺（牡1）	7 閨塾（牡1）	8 勸農（牡1）	9 肅苑（牡1）
		10 驚夢（牡1）	增堆花（牡2）	11 慈誡（牡1）	12 尋夢（牡1）
		13 訣謁（牡1）	14 寫眞（牡1）	16 詰病（牡1）	17 道覡（牡1）
		18 診祟（牡1）	19 牝賊（牡1）	20 鬧殤（牡1）	21 謁遇（牡1）
		22 旅寄（牡1）	23 冥判（牡1）	24 拾畫（牡1）	25 憶女（牡1）
		26 玩眞（牡1）	俗玩眞（牡2）	27 魂遊（牡1）	28 幽媾（牡1）
		29 旁疑（牡1）	30 歡撓（牡1）	31 繕備（牡1）	32 冥誓（牡2）
		33 秘議（牡2）	34 詗藥（牡2）	35 回生（牡2）	36 婚走（牡2）
		37 駭變（牡2）	38 淮警（牡2）	39 如杭（牡2）	40 僕偵（牡2）
		41 耽試（牡2）	42 移鎭（牡2）	43 禦淮（牡2）	44 急難（牡2）
		45 寇間（牡2）	46 折寇（牡2）	47 圍釋（牡2）	48 遇母（牡2）
		49 淮泊（牡2）	50 鬧宴（牡2）	51 榜下（牡2）	52 索元（牡2）
		53 硬拷（牡2）	54 聞喜（牡2）	55 圓駕（牡2）	
南柯記	湯顯祖	2 俠概（南1）	3 樹國（南1）	4 禪請（南1）	5 宮訓（南1）
		6 謾遣（南1）	7 偶見（南1）	8 情著（南1）	9 決婿（南1）
		10 就徵（南1）	11 引謁（南1）	12 貳館（南1）	13 尙主（南1）
		14 伏戎（南1）	15 侍獵（南1）	16 得翁（南1）	17 議守（南1）
南柯記	湯顯祖	18 拜郡（南1）	19 薦佐（南1）	20 御餞（南1）	21 錄攝（南1）
		22 之郡（南1）	23 念女（南1）	24 風謠（南2）	25 玩月（南2）
		26 啓寇（南2）	27 閨警（南2）	28 雨陣（南2）	29 圍釋（南2）
		30 帥北（南2）	31 繫帥（南2）	32 朝議（南2）	33 召還（南2）
		34 臥輒（南2）	35 芳隕（南2）	36 還朝（南2）	37 粲誘（南2）
		38 生恣（南2）	39 象譴（南2）	40 疑懼（南2）	41 遣生（南2）
		42 尋寤（南2）	43 轉情（南2）	44 情盡（南2）	
邯鄲記〔註20〕	湯顯祖	2 行田（邯1）	3 度世（邯1）	4 入夢（邯1）	5 招賢（邯1）
		6 贈試（邯1）	7 奪元（邯1）	8 驕宴（邯1）	9 虜動（邯1）

〔註19〕 《牡丹亭全譜》，卷上，目錄：「此齣（〈15・虜諜〉）遵進呈本，不錄。」

〔註20〕 原〈11 鑿郟〉，誤作「鑿陝」，已更正。葉堂將〈14 東巡〉後半獨立成齣，稱〈尋夫〉。

劇　目	作者	齣		目	
邯鄲記	湯顯祖	10 外補（邯1）	11 鑿郟（邯1）	<u>12 邊急（邯1）</u>	<u>13 望幸（邯1）</u>
		<u>14 東巡（邯1）</u>	<u>14 尋夫（邯1）</u>	15 西諜（邯1）	<u>16 大捷（邯1）</u>
		<u>17 勒功（邯2）</u>	<u>18 閨喜（邯2）</u>	<u>19 飛語（邯2）</u>	20 死竄（邯2）
		<u>21 讒快（邯2）</u>	<u>22 備苦（邯2）</u>	<u>23 織恨（邯2）</u>	24 功白（邯2）
		<u>25 召還（邯2）</u>	26 雜慶（邯2）	<u>27 極欲（邯2）</u>	<u>28 友歡（邯2）</u>
		29 生寤（邯2）	30 合仙（邯2）		
獅吼記	汪廷訥	9 梳粧（外1）	11 跪池（外1）	13 夢怕（外1）	
種玉記〔註21〕	汪廷訥	<u>6 箋允（補2）</u>	<u>16 往邊（補2）</u>		
紅梅記	周朝俊	16 脫阱（續1）	17 鬼辨（續1）		
紅梨記	徐復祚	2 詩要（續1）	4 拘禁（續1）	6 訪素（續1）	11 趕車（續1）
		增|解妓（外2）	12 草地（續1）	14 路敘（續1）	15 問情（正3）
		16 托寄（續1）	17 窺醉（續1）	19 亭會（續1）	21 詠梨（續1）
		23 花婆（續1）	29 三錯（續1）		
蕉帕記	單本	<u>21 鬧題（外1）</u>			
宵光劍	徐復祚	18 救青（續2）	26 功宴（續2）		
綵樓記	王錂	12 潑粥（續4）	20 彩圓（續4）		
尋親記	王錂	25 跌包（外1）	29 榮歸（外1）	32 飯店（外1）	
後尋親	姚子懿	<u>後索（補3）</u>			
雙紅記	更生子	11 猜謎（補3）	<u>18 顯技（外1）</u>	28 青門（外1）	
水滸記	李自昌	3 借茶（補1）	5 劉唐（續3）	18 前誘（續3）	21 後誘（補1）
		31 活捉（續3）			
翠屏山	沈自晉	21 反誆（外1）			
燕子箋	阮大鋮	6 寫像（續3）			
牟尼合	阮大鋮	<u>26 渡海（外1）</u>			
春燈謎	阮大鋮	<u>35 遊街（外1）</u>			
療妒羹	吳炳	9 題曲（續3）			

〔註21〕《納書楹曲譜》補遺卷二目錄題《玉合記》，但版心題《種玉記》，此依版心
　　　　及曲文內容，題《種玉記》。

劇　目	作者	齣		目	
金鎖記	袁于令	12 私祭（續4）	23 斬竇（續4）		
西樓記〔註22〕	袁于令	2 覓緣（補2）	8 樓會（續3）	14 空泊（補2）	16 集豔（補2）
		20 錯夢（續3）	30 載月（續3）	34 俠試（正3）	38 會玉（續3）
珍珠衫〔註23〕	袁于令	歃動（續4）	詰衫（續4）		
金雀記	無心子	4 玩燈（補3）	25 覓花（補3）	27 庵會（補3）	28 喬醋（外1）
		29 竹林（外1）	30 醉圓（補3）		
爛柯山	佚名	前逼（外2）	悔嫁（補3）	癡夢（外2）	潑水（外2）

四、清傳奇〔註24〕

　　《納書楹曲譜》中收錄清傳奇，共31種，計99齣，製表如下：

劇　目	作者	齣		目	
一捧雪	李玉	21 祭姬（續3）			
人獸關	李玉	12 前設（補2）	18 後設（補2）		
永團圓	李玉	16 述緣（續3）	27 閨艴（續3）	28 雙合（補2）	
占花魁	李玉	9 勸粧（續3）	12 一顧（續3）	14 再顧（續3）	18 探芳（續3）
		20 醉歸（續3）	23 巧遇（補2）	24 獨占（續3）	25 贖身（補2）
麒麟閣	李玉	1-33 三擋（補3）			
清忠譜	李玉	6 罵祠（外1）			
風雲會	李玉	15 送京（外1）			
太平錢	李玉	2 綴帽（續2）	14 種瓜（補1）	26 窺粧（續2）	
眉山秀	李玉	6 婚試（續2）	10 詔賦（補3）	14 遊湖（補3）	
千鍾祿〔註25〕	李玉	10 慘睹（續4）	12 廟遇（補3）	19 打車（補3）	24 歸國（續4）
萬里圓	李玉	14 三溪（外1）			
漁家樂	朱佐朝	3 賣書（外2）	9 納姻（外2）	14 藏舟（外2）	
豔雲亭	朱佐朝	下 4 癡訴（外1）	下 5 點香（外1）		

〔註22〕 按，〈34 俠試〉，原著為南北合套，但此處僅錄北曲部分。
〔註23〕 《珍珠衫》僅存零齣。
〔註24〕 由明入清的傳奇作家作品，皆歸入清傳奇下。部分作者佚名、朝代不詳的作品則置於最末。
〔註25〕 《納書楹曲譜》收錄〈廟遇〉、〈打車〉時，劇名原題《千忠錄》。

劇　　目	作者	齣		目	
乾坤嘯	朱佐朝	<u>18 勸酒（補3）</u>			
十五貫	朱素臣	15 判斬（補3）	16 見都（補3）	17 踏看（補3）	18 測字（補3）
如是觀〔註26〕	張大復	9 刺字（補3）	26 敗金（補3）		
醉菩提	張大復	9 打坐（外2）	17 伏虎（外2）	21 醒妓（外2）	25 換酒（外2）
		31 佛圓（外2）			
雙官誥	陳二白	17 夜課（外2）			
風箏誤	李漁	13 驚醜（補2）	21 婚鬧（外1）	28 逼婚（補2）	29 詫美（外1）
		30 茶圓（外1）			
滿床笏	范希哲	8 納妾（補3）	9 跪門（補3）		
虎囊彈	丘園	山亭（正2）			
琥珀匙	葉時章	<u>5 山盟（續4）</u>	<u>17 立關（續4）</u>		
長生殿〔註27〕	洪昇	2 定情（正4）	4 春睡（正4）	7 倖恩（正4）	8 獻髮（正4）
長生殿	洪昇	9 復召（正4）	10 疑讖（正4）	11 聞樂（續1）	12 製譜（正4）
		14 偷曲（續1）	17 合圍（續1）	18 夜怨（正4）	19 絮閣（正4）
		20 偵報（正4）	21 窺浴（正4）	22 密誓（正4）	24 驚變（正4）
		27 冥追（續1）	28 罵賊（正4）	29 聞鈴（正4）	30 情悔（正4）
		32 哭像（正4）	33 神訴（續1）	37 尸解（正4）	38 彈詞（正4）
		41 見月（正4）	44 慫合（正4）	45 雨夢（正4）	46 覓魂（續1）
		47 補恨（續1）	49 得信（正4）	50 重圓（正4）	
桃花扇	孔尚任	5 訪翠（正3）	23 寄扇（正3）	28 題畫（正3）	
白羅衫	佚名	21 井遇（補3）			
金不換	佚名	19 自懲（外1）	21 侍酒（補3）		
鐵冠圖〔註28〕	佚名	<u>夜覘（外2）</u>	刺虎（外2）		
一文錢	佚名	濟貧（補3）			
如意珠	佚名	<u>密訂（補2）</u>			
三國志	佚名	挑袍（補3）			
雷峰塔	佚名	<u>法海（補4）</u>			

〔註26〕一名《倒精忠》。

〔註27〕按，〈28 罵賊〉，僅收前四隻北曲，爲雷海青所唱，未收入全齣曲牌。

〔註28〕關於《鐵冠圖》與《虎口餘生》的異同，此不具辨；但〈夜覘〉、〈刺虎〉，可見於〔清〕遺民外史：《虎口餘生》第 8、31 齣，收入《古本戲曲叢刊》，五集。

五、時　劇

《納書楹曲譜》外集卷二、補遺卷四，收時劇 23 種，計 23 齣，製表如下：

時　劇	作者	劇		目	
時劇	佚名	思凡(外2)〔註29〕	小妹子（外2）	羅夢(外2)〔註30〕	來遲（補4）
		孟姜女（補4）	崔鶯鶯（補4）	金盆撈月（補4）	醉楊妃（補4）
		私推（補4）	僧尼會（補4）	夏得海（補4）	昭君（補4）
		蘆林(補4)〔註31〕	踏徽（補4）	磨斧（補4）	借靴（補4）
		拾金（補4）	花鼓（補4）		
散曲〔註32〕	佚名	閨思（補4）	閨怨（補4）	懷春（補4）	小王昭君（補4）
		琵琶詞（補4）			

六、散　曲

《納書楹曲譜》雖以收錄戲曲散齣爲主，但另有 9 套散曲、1 種重頭小令，及 4 曲【大紅袍】，計 14 種，製表如下：

名　　稱	作者	標　目	備　註
【夜行船】「百歲光陰」套	馬致遠	百歲（正2）〔註33〕	出自《北宮詞記》
【端正好】「柳飛綿」套	方伯成	柳飛（續4）	出自散曲
【歸來樂】「罷罷耍耍」重頭小令	佚名〔註34〕	歸來樂（正3）	出自散曲
【八聲甘州】「春光豔陽」套	陳鐸	詠蝶（補4）	出自散曲
【新水令】「枕痕一線」合套	佚名	枕痕（續4）	出自散曲
【疊字錦】「兀的不」套	佚名	兀的不（正3）	出自散曲
【疊字令】「兀的不」套	佚名	尋夫（補2）	出自散曲
【繡帶兒】「奴一似」套	佚名	烹茶（補2）	出自散曲
【醉花陰】「紫甸青郊」套	佚名	紫甸（補4）	出自散曲
「非是俺」套	佚名	小十面（補4）	出自散曲
【大紅袍】「花氣粉牆陰」曲	佚名	假伶（續3）	出自《鬱輪袍》
【大紅袍】「天運有循環」曲	佚名	詢圖（外2）	出自《虎口餘生》
【大紅袍】「梅占百花魁」曲	佚名	詠花（補4）	出自散曲
【大紅袍】「紅日上紗窗」曲	佚名	紅日（補4）	出自散曲

〔註29〕按，部分曲集、曲譜將《思凡》、《僧尼會》(《下山》)出處標爲《孽海記》。

〔註30〕按，部分曲集、曲譜將《羅夢》出處標爲《一文錢》。

〔註31〕按，部分曲集、曲譜將《蘆林》出處標爲《躍鯉記》。

〔註32〕此數種，在目錄中雖列於「時劇」之下，版心則標示「散曲」。

〔註33〕按，馬致遠將【夜行船】「百歲光陰」套，題爲〈秋思〉。

〔註34〕據《九宮大成譜》卷三十九，此題爲〈歸來樂〉的五曲，爲蘇軾自度曲，見頁 3397。

《納書楹曲譜》正集卷三目錄標記出處爲「東坡詞」，但版心則題「散曲」；此依版心著錄。

附錄四 《四夢全譜》宛轉相就一覽表

說明：

1、《四夢》劇本及曲牌名，以最通行之明刊《六十種曲》本參照。

2、《牡丹亭》有四種宛轉相就之譜，一併列表參照：以「鈕譜」代表鈕少雅《格正還魂記詞調》；以「馮譜」代表馮起鳳《吟香堂牡丹亭曲譜》；以「葉譜」代表葉堂《納書楹牡丹亭全譜》；以「劉譜」代表劉世珩鑑定、劉富樑正譜評注《雙忽雷閣彙訂還魂記曲譜》；除鈕譜外，均為帶工尺之宮譜，表中「各譜」表示四種曲譜作法相同。

3、各譜標註之集句句數或有差異，但只要所分段落相同，所記以最早出現之曲譜為準。

4、「分類」一欄乃為便於說明而設，或有未盡準確者，各類內涵詳見第三章；代號意義如下：

A1 改題曲名、A2 改易曲牌、A3 分出曲牌

B1 重訂集曲、B2 集曲相就、B3 新創集曲。

5、以下三種情形不列入表中，以清眉目：（1）曲牌疊用時，「前腔」無特殊處理者；（2）「引子」原加註「前」、「後」，葉堂逕題曲牌名者，如《邯鄲記8·驕宴》【謁金門】前、【謁金門】後，題【謁金門】；（3）原依各宮調「尾聲」題名，葉堂逕題【尾聲】者，如《紫釵記39·裁詩》【意不盡】，題【尾聲】。

一、《牡丹亭全譜》

齣　目	原曲牌	曲　譜	新曲牌	集　入　曲　牌　摘　句	分類
2 言懷	眞珠簾	鈕譜、劉譜	鶯啼簾外	正宮喜遷鶯　首二句	B2
				雙調珍珠簾　三至終	B3
	眞珠簾	葉譜、劉譜	遶池簾	遶池遊　首二句、眞珠簾　三至末	B2
	九迴腸	鈕譜	六花袞風前	仙呂解三酲　首至七	
				南呂三學士　首至四	B1
				仙呂入雙調　犯袞	
	九迴腸	馮譜	六時理鍼線	解三酲　首至七、鍼線箱　三至六	B1
				急三槍　五至末	
3 訓女	玉山頹	鈕譜、葉譜劉譜	玉山供〔註35〕	仙呂入雙調玉抱肚　首至四	A1
				仙呂入雙調五供養　五至終	

〔註35〕馮譜仍題【玉山頹】，但所集摘句相同。

齣　目	原曲牌	曲　譜	新曲牌	集　入　曲　牌　摘　句	分類
5 延師	浣沙溪	各譜	搗練子〔註36〕	／	A2
5 延師	鎖南枝	鈕譜	孝南枝	雙調孝順歌　首至五 雙調鎖南枝　六至終	B2
8 勸農	夜遊朝	各譜	夜行船	／	A2
	孝順歌	鈕譜	淘金歌	雙調孝順歌　首至六 仙呂入雙調淘金令　第十第十一句 孝順歌雙漸格　末一句	B2 B3
	孝順歌	馮譜、葉譜 劉譜	孝金經	孝順歌　首至六、金字令　十至合 錦法經　末一句	B2
	清江引	鈕譜	南枝清	雙調清江引　首至四 雙調鎖南枝　末二句	B2 B3
	清江引	馮譜、葉譜 劉譜	清南枝	清江引　首至合、鎖南枝　八至末	B2
10 驚夢	遶地遊	鈕譜、葉譜 劉譜	繞陽台	商調繞池遊　首二句 商調高陽臺　三至四 繞池遊　末二句	B2 B3
12 尋夢	夜遊宮	鈕譜	蓬萊香	仙呂小蓬萊　首二句 中呂行香子　四至終	B2 B3
	不是路	各譜	惜花賺	／	A2
	月上海棠	鈕譜	三月海棠紅	仙呂入雙調三月海棠　首至七 雙調紅林擒　末二句 三月海棠　末一句	B1 B3
	月上海棠	馮譜、葉譜 劉譜	三月海棠	／	A2
	二犯么令	馮譜、葉譜 劉譜	么令	／	A2

〔註36〕馮譜題【胡搗練】，但眉批註記「一名【搗練子】」。

齣　目	原曲牌	曲　譜	新曲牌	集　入　曲　牌　摘　句	分類
13 訣謁	杏花天	鈕譜	杏花臺	商調三臺令　首一句 越調杏花天　第二句 小石調養花天　七至終	B2 B3
	桂花鎖南枝	鈕譜	南枝令	仙呂桂枝香　首至四 南呂宜春令　第五六句 雙調鎖南枝　六至終	B1 B3
	桂花鎖南枝	馮譜	桂花順南枝	桂枝香　首至四、孝順歌　七至八 鎖南枝　合至末	B1 B3
	桂花鎖南枝	葉譜、劉譜	桂月上南枝	桂枝香　首至四、月上海棠　四至五 鎖南枝　合至末	B1 B3
14 寫眞	山桃犯〔註37〕	各譜	小桃紅	／	A1
	鮑老催	劉譜	耍鮑老	／	A2
15 虜諜	北二犯江兒水	馮譜	雙令江兒水	／	A1
18 診祟〔註38〕	金落索	鈕譜	金鎖掛梧桐	（按：金索掛梧桐，集句參差，逕詳原譜）	A1
	金鎖掛梧桐	馮譜、葉譜、劉譜	金落索	（按：金絡索，集句參差，逕詳原譜）〔註39〕	A1
20 鬧殤	玉鶯兒	鈕譜	鶯抱枝〔註40〕	商調黃鶯兒　首二句 仙呂入雙調玉抱肚　三至五 仙呂入雙調玉交枝　五至六 商調黃鶯兒　末三句	B1 B3
	玉鶯兒	馮譜、葉譜、劉譜	黃玉鶯兒	黃鶯兒　首至二、玉抱肚　三至四 黃鶯兒　四至末	B1
24 拾畫	金瓏璁	鈕譜、葉譜、劉譜	金馬兒	雙調金瓏璁　首至三 商調風馬兒　三至終	B2 B3
	一落索	鈕譜、葉譜、劉譜	卜算仙	仙呂番卜算　首二句 仙呂鵲橋仙　末二句	B2 B3
	好事近	各譜	顏子樂 或 好子樂	中呂泣顏回　首至四 正宮刷子序　六至八 正宮普天樂　八至終	B2

〔註37〕《南詞新譜》，卷四，【正宮·小桃紅】註：「與【越調】不同，或作【山桃犯】，亦非。」（頁249）。

〔註38〕〈18診祟〉有二曲【金落索】、二曲【金鎖掛梧桐】，諸譜皆將四曲名稱統一，但鈕譜題【金鎖掛梧桐】，馮譜、葉譜題【金落索】。

〔註39〕葉譜之【金落索】集句，可見第三章第一節註腳，筆者製有一表。

〔註40〕鈕譜註：「原題【玉鶯兒】亦可，但第五六不若【玉交枝】爲妥，今按律改正。」（頁33）

齣 目	原曲牌	曲 譜	新曲牌	集 入 曲 牌 摘 句	分類
26 玩眞	二郎神慢	鈕譜	二鶯兒	商調二郎神　首至七 商調黃鶯兒　末三句	B2 B3
	鶯啼序	各譜	鶯啼御林	商調鶯啼序　首至六 商調簇御林　末三句	B2
27 魂遊	孝南歌	鈕譜	孝南枝	雙調孝順歌　少末句 雙調鎖南枝　五至終	B1
	孝南歌	各譜	孝南枝	孝順歌　首至七、鎖南枝　四至末	B1
	醉歸遲	各譜	五韻美 黑麻令	（按：醉歸遲　或改題　五韻美，後半 分出　黑麻令）	A1 A3
28 幽媾	二犯梧桐樹	鈕譜	梧下新郎	南呂擊梧桐　首至四 南呂梧桐樹　四至五 南呂賀新郎　末二句	B1 B3
	二犯梧桐樹	馮譜	梧桐樹集	梧桐樹　首至六、五更轉　合至末	B1
	二犯梧桐樹	葉譜、劉譜	雙梧鬥五更	金梧桐　首至二、鬥寶蟾　五至六 梧桐樹　五至六、五更轉　合至末	B1 B3
	朝天懶	鈕譜	花郎戲畫眉	正宮福馬郎　首至三 商調水紅花　首二句 南呂懶畫眉　末二句	B1 B3
	玩仙燈	鈕譜	金雞叫	／	A2
	耍鮑老	鈕譜、葉譜 劉譜	金馬樂	中呂駐馬聽　首至五 中呂普天樂　首二句 黃鐘滴滴金　四至五 駐馬聽蘇武格　末二句	B2 B3
	耍鮑老	馮譜	二馬普金花	駐馬聽　首至四、普天樂　五至六 四季花　第七句、滴滴金　四至五 駐馬聽　合至末	B2
	滴滴金	鈕譜、葉譜 劉譜	雙棹入江犯 金風	仙呂入雙調川撥棹蔣蘭英格　首二句 仙呂入雙調江兒水　末二句 黃鐘刮地風　首至四 黃鐘雙聲疊韻　首三句〔註41〕 黃鐘滴滴金　三至終	B2 B3
	滴滴金	馮譜	三段子 滴滴金	（按：從滴滴金　分出　三段子）	A3

〔註41〕此集句，葉譜註【雙聲疊韻】首二句；劉譜註【雙聲疊韻】九至合。但皆為
　　　　三字句。

韻　目	原曲牌	曲　譜	新曲牌	集　入　曲　牌　摘　句	分類
29 旁疑	一封書	鈕譜、馮譜 劉譜	封書序 或 畫眉帶一封	黃鐘畫眉序　首二句 仙呂一封書　三至終	B2 B3
30 歡撓	搗練子	馮譜	顆顆珠	／	A2
	稱人心	鈕譜、葉譜 劉譜	稱人心	（按：從稱人心　分出　雨中歸）	A3
			雨中歸	仙呂梅子黃時雨　首二句 中呂醉中歸原叔文格　六至八 梅子黃時雨　末二句	B2 B3
	稱人心	馮譜	稱人心 梅子黃時雨	（按：從稱人心　分出　梅子黃時雨）	A3
	滾遍	各譜	黃龍袞	／	A1
	滾遍	鈕譜	金龍袞	黃鐘黃龍袞　首至五 黃鐘滴滴金　五至六、黃龍滾　末三句	B2 B3
32 冥誓	月雲高	鈕譜、劉譜	月夜渡江歸	仙呂月兒高　首至六 仙呂醉扶歸　末二句 不知宮調句律　渡江雲	B1 B3
	月雲高	馮譜 葉譜	月兒映江雲 月夜渡江歸	月兒高　首至七、渡江雲　末三句	B1
	月雲高	鈕譜、劉譜	雲鎖月	仙呂月兒高　首至六 雙調鎖南枝　末二句 不知宮調句律　渡江雲	B1
32 冥誓	月雲高	馮譜、葉譜	雲鎖月	月兒高　首至六、鎖南枝　六至七 渡江雲　末三句〔註42〕	B1
	懶畫眉	葉譜、劉譜	懶扶歸	懶畫眉　首至三、醉扶歸　末二句	B2
	鬧樊樓	各譜	滴滴金	／	A2
	啄木犯	各譜	啄木兒	／	A2
	鬥雙雞	鈕譜、馮譜	神仗子 （神仗滴溜）	黃鐘神仗兒　首至四 黃鐘滴溜子　九至終	B2 B3
	鬥雙雞	葉譜、劉譜	神仗雙聲	神仗兒　首至四、雙聲子　七至末	B2
	登小樓	各譜	下小樓	／	A2
	鮑老催 耍鮑老	鈕譜、馮譜 劉附	永團圓	（按：併兩曲爲　永團圓）	A2

〔註42〕因與鈕譜集句略異，故另列。

齣 目	原曲牌	曲 譜	新曲牌	集 入 曲 牌 摘 句	分類
	鮑老催	葉譜、劉譜	滴滴金	／	A2
	耍鮑老	葉譜、劉譜	三節鮑老	鮑老催　首至二 倒接鮑老催　十一至十三 鮑老催拜月亭格　末二句	B2 B3
34 調藥	女冠子	鈕譜、葉譜 劉譜	鳳池遊	商調繞池遊　首二句 黃鐘雙鳳翹（黃鐘女冠子）　末三句	B2 B3
	女冠子	馮譜	柳梢青	／	A2
35 回生	啄木鸝	鈕譜	啄木三鸝	黃鐘啄木兒　少末句 黃鐘三段子　末二句 雙調黃鶯兒　末一句	B1 B3
	啄木鸝	馮譜、葉譜 劉譜	啄木三歌	啄木兒　首至合、三段子　五至六 太平歌　末一句	B1
36 婚走	不是路	鈕譜、葉譜 劉譜	惜花賺	／	A2
	急板令	鈕譜、馮譜 葉譜	催拍	／	A1
37 駭變	朝天子	鈕譜	花兒郎	正宮福馬郎　首至三 商調水紅花　首二句 南呂紅衫兒　末二句	B2 B3
38 淮警	霜天曉角	各譜	霜天杏	越角霜天曉角　首二句 越調杏花天　後二句〔註43〕	B2 B3
	錦上花	各譜	青天歌	／	A2
39 如杭	糖多令	鈕譜	多卜算	仙呂糖多令　首至三 仙呂卜算子　末二句	B2 B3
	江兒水	各譜	雁過江	正宮雁過聲　首至三 仙呂入雙調江兒水　四至終	B2 B3
40 僕偵	孤飛雁	鈕譜	新郎撫孤雁	南呂賀新郎　首二句 南呂孤飛雁　三至終	B2 B3
	孤飛雁	馮譜	女冠子	／	A2
	金錢花	各譜	紅繡鞋	／	A2
41 耽試	馬蹄花	鈕譜	杏林馬	中呂駐馬聽　首至七 中呂杏壇三操（泣顏回）　末二句	B1 B3
	馬蹄花	馮譜、葉譜 劉譜	駐馬近	駐馬聽　首至合、好事近　合至末	B2

〔註43〕按：馮譜、葉譜逕題【霜天杏】，無集句。

齣 目	原曲牌	曲 譜	新曲牌	集 入 曲 牌 摘 句	分類
42 移鎮	夜遊朝	各譜	夜行船	／	A2
	不是路	鈕譜、葉譜 劉譜	惜花賺	／	A2
43 禦淮	金錢花	各譜	紅繡鞋	／	A2
	粉蝶兒	馮譜、葉譜 劉譜	好事近	／	A2
44 急難	瓦盆兒	鈕譜	石榴花	／	A2
45 寇間	粉蝶兒	鈕譜、葉譜 劉譜	劍器令	／	A2
	粉蝶兒	馮譜	翫仙燈	／	A2
46 折寇	破陣子	鈕譜、葉譜 劉譜	破齊陣 或 破陣樂	正宮破陣子 少末句 正宮齊天樂 末一句	B2
	玉桂枝	葉譜	玉桂五枝	玉胞肚 首至四、桂枝香 五至八 五更轉 首至三、鎖南枝 六至末	B2 B3
	浣溪沙	鈕譜	浣紗令	南呂浣紗溪 首至四 南呂東甌令 五至終	B2 B3
	浣溪沙	馮譜	浣溪令	浣溪沙 首至三、東甌令 四至五 浣溪沙 末二句	B2
	浣溪沙	葉譜、劉譜	浣溪令	浣溪紗 首至四、東甌令 第五句 浣溪沙 末二句	B2
	玉桂枝	葉譜	玉桂五枝	玉胞肚 首至合、桂枝香 五至八 五更轉 首至三、鎖南枝 六至末	B1
47 圍釋	北夜行船	鈕譜	夜行船帶過 沽美酒	雙調夜行船 全 雙調沽美酒 末二句	B2
	縷縷金	鈕譜	金孩兒	中呂縷縷金 首至五 般涉耍孩兒 第三句 縷縷金 末二句	B2
	縷縷金	馮譜、葉譜	雙金圓	縷縷金 首至六、小團圓 第二句 縷縷金 合至末	B2
48 遇母	十二時	鈕譜、葉譜 劉譜	十二漏聲高	黃鐘玉漏遲 首二句 商調十二時 三至四 商調高陽臺 第七句 玉漏遲 末一句	B2 B3

齣　目	原曲牌	曲　譜	新曲牌	集　入　曲　牌　摘　句	分類
	月兒高	鈕譜	二犯月兒高	仙呂月兒高　首至六 南呂五更轉　十至終 不知宮調紅葉兒　末一句 月兒高　末二句	B2
	月兒高	馮譜、葉譜 劉譜	三集月兒高	月兒高　首至六、五更轉　四至五 駐雲飛　第六句、上馬踢　末二句	B2
	不是路	鈕譜、葉譜 劉譜	惜花賺	／	A2
	番山虎	鈕譜	山外嬌鶯啼柳枝	商調黃鶯兒　首至三 越調亭前柳　三至四 越調下山虎　首至四 仙呂桂枝香　末二句 越調憶多嬌　末三句	B2 B3
	番山虎	鈕譜	山桃竹柳四般宜	越調下山虎　首至四 南呂番竹馬　二至三 越調小桃紅明珠格　五至六 越調蠻牌令　七至八 越調亭前柳　三至四	B2 B3
	番山虎	鈕譜	山下多麻稽	越調下山虎　首至四 越調山麻稽　六至終 越調憶多嬌　末三句	B2 B3
49 淮泊	鶯皂袍	各譜	黃羅袍 或 公子穿皂袍	商調黃鶯兒　首至六 仙呂皂羅袍　六至終	B1 B3
50 鬧宴	梁州序	各譜	梁洲新郎	南呂梁州序　少末二句 南呂賀新郎　七至終	B2
53 硬拷	雁兒落	各譜	雁兒落帶過 得勝令	（按：分出　得勝令）	A3
	僥僥犯	各譜	綵衣舞	雙調僥僥令（綵旗兒）　首至二 雙調錦衣香暗想當年格　五至七 僥僥令　末二句〔註44〕	B1
	沽美酒	各譜	沽美酒帶過 太平令	（按：分出　太平令）	A3
55 圓駕	滴滴金	馮譜	耍鮑老	／	A2

〔註44〕按：馮譜、葉譜、劉譜雖題【綵衣舞】，但並未標示集句。

二、《紫釵記全譜》

齣 目	原曲牌	曲譜	新曲牌	集 入 曲 牌 摘 句	分類
6 墜釵〔註45〕	鳳凰閣引	葉譜	鳳凰閣	／	A1
	江兒水	葉譜	雁過江	雁過聲　首至三、江兒水　四至末	B2
	六犯清音	葉譜	六奏清音	梁州序　首至五、月兒高　三至四 排歌　合至七、八聲甘州　五至合 皂羅袍　五至八、黃鶯兒　六至末	B1
7 托媒	啄木公子	葉譜	三鳥集高林	啄木兒　首至二、高陽臺　二至三 簇御林　第五句、懶畫眉　四至末 黃鶯兒　末一句	B1 B3
9 得信	鶯集林春	葉譜	鶯集林	鶯啼序　首二句、集賢賓　三至五 簇御林　第五句、囀林鶯　合至末	B1 B3
	四犯鶯兒	葉譜	鶯花神	黃鶯兒　首至合、四季花　七至八 二郎神　末二句	B1 B3
12 贈駿	孝順歌	葉譜	孝順枝	孝順歌　首至七、鎖南枝　四至末	B2 B3
13 就婚	倖倖令	葉譜	僥僥令	／	A1
14 試喜	朱奴兒	葉譜	朱奴燈	朱奴兒　首至六、剔銀燈　末一句	B2 B3
16 園盟	夜遊宮	葉譜	夜遊春	／	？ 〔註46〕
	憶多嬌	葉譜	憶柳嬌	憶多嬌　首至三、亭前柳　二至三 憶多嬌　合至末	B2 B3
17 赴洛	琥珀墜	葉譜	盃傾琥珀	傾杯序換頭　首二句 琥珀貓兒墜　三至末	B2 B3
20 望捷	傍粧臺	葉譜	傍羅臺	傍粧臺　首至六、皂羅袍　五至八 傍粧臺　末句	B2 B3
23 榮歸	二郎神	葉譜	二賢賓	二郎神　首至合、集賢賓　合至末	B2 B3
	喜遷鶯	葉譜	齊天樂	／	A2

〔註45〕齣目據《紫釵記全譜》,「原本每齣四字為題,今省改二字。」見卷上目錄。
〔註46〕曲牌格律譜中查無【夜遊春】。

齣　　目	原曲牌	曲譜	新曲牌	集　入　曲　牌　摘　句	分類
26 隴吟	朝元歌	葉譜	朝元令	／	A2
27 偵訪	月兒高	葉譜	遶池春	遶池遊　首至二、洞房春　三至末	B2 B3
28 番釁	水底魚	葉譜	水底魚兒	／	A1
29 軍宴	梁州序	葉譜	梁州新郎	梁州序　首至合、賀新郎　合至末	B2
31 避暑	惜奴嬌	葉譜	夜行船序	／	A2
	鬥寶蟾	葉譜	黑麻序	／	A2
33 七夕	念奴嬌序	葉譜	念奴嬌	／	A1
	念奴嬌	葉譜	念奴嬌序	／	A1
36 觀屛	金鎖掛梧桐	葉譜	金落索	金梧桐　首至五、東甌令　二至四 針線箱　第六句、解三酲　第七句 懶畫眉　第四句、寄生子　末二句	B1
	梧桐花	葉譜	梧桐葉	／	A1
38 哨訛	羅江怨	葉譜	羅江醉	香羅帶　首至四、醉太平　第六句 一江風　七至末	B1 B3
39 裁詩	望遠行	葉譜	破陣樂	破陣子　首至四、齊天樂　末句	B2
	泣顏回	葉譜	顏子泣	泣顏回換頭　首至三 刷子序五至合、泣顏回　合至末	B2 B3
	漁家犯	葉譜	雙燈舞宮娥	漁家燈　首至四、剔銀燈　三至四 舞霓裳　合　、宮娥泣　末二句	B1 B3
	漁家犯	葉譜	三燈照宮娥	漁家燈　首至四、山漁燈　九至四 剔銀燈　合　、宮娥泣　末二句	B1 B3
40 泣箋	刮鼓令	葉譜	鶯囀遍東甌	黃鶯兒　首二句、囀林鶯　五至六 香遍滿　五至六、東甌令　合至末	B2 B3
41 延媒	寶鼎兒	葉譜	玉井蓮	／	A2
	瑣窗兒	葉譜	瑣窗郎	瑣窗寒　首至四、賀新郎　八至末	B1
42 拒婚	金井梧桐	葉譜	金梧桐	／	A1
43 婉覆	望江南	葉譜	梁州陣	梁州令　首句、破陣子　三至末	B2 B3
44 賣釵	江兒水	葉譜	梧葉覆江水	梧葉兒　首二句、江兒水　四至末	B2 B3
45 旁嘆	太師引	葉譜	太師令	太師引　首至合、刮鼓令　末一句	B2
	鏵鍬兒	葉譜	鏵鍬子	鏵鍬兒　首至八、江神子　末二句	B2 B3

齣　目	原曲牌	曲譜	新曲牌	集　入　曲　牌　摘　句	分類
47 撒錢	玉山鶯	葉譜	玉供鶯	玉胞肚　首至四、五供養　五至七 黃鶯兒　合至末	B1
	桂花鎖南枝	葉譜	桂月上南枝	桂枝香　首至四、月上海棠　三至四 鎖南枝　四至末	B1 B3
	醉歸遲	葉譜	五韻美 五般宜	（按：醉歸遲　改題　五韻美，後半分出 五般宜）	A1 A3
	鷓鴣天	葉譜	哭相思	／	A2
51 遇俠	西地錦引	葉譜	西地錦	／	A1
	高陽臺引	葉譜	高陽臺	／	A1
	高陽臺	葉譜	高陽臺序	／	A1
	雁兒落	葉譜	雁兒落帶得 勝令	（按：分出　得勝令）	A3
	僥僥令	葉譜	綵衣舞	（按：據《牡丹亭·硬拷》，為集曲）	B2
	沽美酒	葉譜	沽美酒帶太 平令	（按：分出　太平令）	A3

三、《南柯記全譜》

齣　目	原曲牌	曲譜	新曲牌	集　入　曲　牌　摘　句	分類
2 俠概	急板令	葉譜	催拍	／	A1
3 樹國	海棠春	葉譜	劍器令	／	A2
	惜奴嬌	葉譜	黑夜行	黑麻序　首至四、夜行船序　六至末	B2
	惜奴嬌	葉譜	黑麻序	／	A2
5 宮訓	傍粧臺	葉譜	傍甘羅	傍粧臺　首至四、八聲甘州　五至六 皂羅袍　七至八、傍粧臺　末一句	B2
	傍粧臺	葉譜	傍甘歌	傍粧臺　首至四、八聲甘州　五至六 排歌　八至九、傍粧臺　末一句	B2
7 偶見	對玉環帶過 清江引	葉譜	玉環清江引	對玉環　首至八、清江引　四至末（北唱）	A1
	江兒水	葉譜	江水東風	古江兒水　首至三 沉醉東風　合至末	B2 B3

齣　目	原曲牌	曲譜	新曲牌	集　入　曲　牌　摘　句	分類
8 情著	梁州序	葉譜	梁州新郎	梁州序　首至合、賀新郎　合至末	B2
9 決婿	西江引	葉譜	西江月	／	A1
12 貳館	上林春	葉譜	步蟾宮	／	A2
15 侍獵	好事近	葉譜	泣顏回	／	A1
	好事近	葉譜	顏子樂	泣顏回　首至四、刷子序　五至七 普天樂　八至末	B2
23 念女	玉山頹	葉譜	玉胞供	玉胞肚　首至四、五供養　五至末	B1
24 風謠	孝白歌	葉譜	孝南枝	孝順歌　首至五、鎖南枝　末二句	B2
25 玩月	普天樂犯	葉譜	普天樂	／	A2
	雁過沙犯	葉譜	雁過紅	雁過聲　首至合、紅娘子　四至末	B1
	傾杯犯	葉譜	傾杯序	／	A2
	山桃紅犯	葉譜	小桃紅	／	A1
27 閨警	六犯宮詞	葉譜	六奏宮詞	梁州序　首至五、月兒高　三至四 排歌　五至七、傍粧臺　五至六 皂羅袍　七至八、黃鶯兒　六至末	A1
31 繫帥	三臺令	葉譜	熙州三臺	／	A2
33 召還	貓兒墜	葉譜	琥珀貓兒墜	／	A1
	皂鶯兒	葉譜	金衣間皂袍	金衣公子　首至六、皂羅袍　五至末 金衣公子　七至末	B2
36 還朝	馬蹄花	葉譜	駐馬泣	駐馬聽　首至合、泣顏回　合至末	B1
38 生恣	解三酲犯	葉譜	解醒甘州	解三酲　首至七、八聲甘州　末一句	A1
	解三酲犯	葉譜	鵝鴨滿渡船	／	A2
	蠻兒犯	葉譜	赤馬兒	／	A2
	蠻兒犯	葉譜	雙赤子	／	A2
	鵝鴨滿渡船	葉譜	拗芝麻	／	A2
39 象譴	瑣窗郎	葉譜	瑣窗寒	／	A2
44 情盡	望江南	葉譜	收江南	／	A2

四、《邯鄲記全譜》

齣　目	原曲牌	曲譜	新曲牌	集　入　曲　牌　摘　句	分類
3 度世	鮑老兒	葉譜	十二月	／	A2
6 贈世	雁來紅	葉譜	普天綠過紅	普天樂　首至二、綠襴衫　二至三 雁過沙　第五句、紅娘子　合至末	B1
11 鑿郟	雙調江兒水	葉譜	古江兒水	／	A2
14 東巡	望吾鄉犯	葉譜	望鄉歌	望吾鄉　首至合、排歌　合至末	A1
	絳都春	葉譜	絳都春序	／	A1
	鶯畫眉	葉譜	黃鶯學畫眉	黃鶯兒　首至三、畫眉序　四至末	A1
	鬥雙雞	葉譜	滴溜子	／	A2
	上小樓	葉譜	下小樓	／	A2
15 西諜	北絳都春	葉譜	第一段	／	A2
	混江龍	葉譜	第二—四段	／	A2
16 大捷	北二犯江兒水	葉譜	雙令江兒水	／	A1
17 勒功	惜奴嬌序	葉譜	夜行船序	／	A2
	園林好犯	葉譜	園林帶一封書	園林好　首至四、一封書　末一句	B1 B3
	忒忒令犯	葉譜	桃紅令東風	桃紅菊　首至合、忒忒令　合至末 沉醉東風　合至末	B1 B3
	雙蝴蝶	葉譜	勝皂神	勝葫蘆　首至二、皂角兒　二至四 安樂神　末二句	B2 B3
	沉醉東風	葉譜	雙醉令交枝	沉醉東風　首至二、忒忒令　四至末 醉翁子　第四句、玉交枝　合至末	B2 B3
	錦花香	葉譜	桂香八月襲嬌袍	桂枝香　首至二、八聲甘州　第六句 月上海棠　第三句、步步嬌　四至五 皂羅袍　末句	B1 B3
22 備苦	江神子	葉譜	石榴鎗	石榴花　首至三、急三槍　五至末	B2 B3
	普天樂犯	葉譜	普天芙蓉	普天樂　首至合、玉芙蓉　末一句	A2
	朱奴兒犯	葉譜	朱奴芙蓉	朱奴兒　首至六、玉芙蓉　末一句	A2
24 功白	好事近	葉譜	泣顏回	／	A1
25 召還	紅衫兒	葉譜	耍孩兒	／	A2
27 極欲	黃龍袞犯	葉譜	鬥鵪鶉	／	A1
	撲燈蛾犯	葉譜	撲燈蛾	／	A1
	上小樓犯	葉譜	上小樓	／	A1
	疊字犯	葉譜	撲燈蛾	／	A1
29 生寤	急板令	葉譜	催拍	／	A1
	簇御林	葉譜	御林鶯	簇御林　首至四、黃鶯兒　四至末	B2

附錄五 《南詞新譜》收錄之《四夢》曲牌

說明:

1、《南詞新譜》據〔清〕順治十二年(1655)刊本,《善本戲曲叢刊》第三輯影印出版。

2、本表雖以《四夢》爲主,但將相關的《紫簫記》、《同夢記》(串本《牡丹亭》)一併列入。

劇名及齣目	原曲名	卷、宮調	曲譜題名	集入曲牌摘句	頁
(附)紫簫記	四季花	3 羽調	四季花	/	200
紫釵記・6 墮釵燈影	玉樓春	6 大石	玉樓春	/	288
紫釵記・14 狂朋試喜	阮郎歸	12 南呂	阮郎歸	/	400
紫釵記・47 怨撒金錢	玉山鴛	23 仙呂入雙調	玉供鴛	玉抱肚、五供養、黃鴛兒	846
紫釵記・52 劍合釵圓	玉鴛兒	23 仙呂入雙調	玉鴛兒	玉抱肚、黃鴛兒	847
牡丹亭・8 勸農	孝白歌	22 雙調	孝白歌	孝順歌、加註	752
牡丹亭・13 訣謁	桂花鎖南枝	23 仙呂入雙調	桂月鎖南枝	桂枝香、月上海棠、鎖南枝	755
牡丹亭・20 鬧殤	玉鴛兒	18 商調	黃鴛玉肚兒	黃鴛兒、玉抱肚、黃鴛兒	690
牡丹亭・25 憶女	玩仙燈	14 黃鐘	翫仙燈	/	525
牡丹亭・28 幽媾	朝天懶	12 南呂	朝天懶	朝天子、懶畫眉	467
牡丹亭・48 遇母	番山虎	16 越調	番山虎	蠻牌令、下山虎、憶多嬌	584
牡丹亭・48 遇母	番山虎	16 越調	番山虎	下山虎、憶多嬌	585
(附)同夢記〔註47〕(串本《牡丹亭》)	眞珠簾	22 雙調	眞珠簾	/	727
	/	16 越調	蠻山憶	蠻牌令、下山虎、憶多嬌	586
南柯記・3 召還	皂鴛兒	18 商調	黃鴛穿皂羅	黃鴛兒、皂羅袍	688
南柯記・5 宮訓	傍粧臺	1 仙呂	粧臺帶甘歌	傍粧臺、八聲甘州、排歌	156
邯鄲記・14 東巡	望吾鄉犯	1 仙呂	望鄉歌	望吾鄉、排歌	136
邯鄲記・14 東巡	鴛畫眉	20 商黃調	黃鴛學畫眉	黃鴛兒、畫眉序	712
邯鄲記・17 勒功	錦花香	23 仙呂入雙調	錦香花	錦上花、錦衣香、錦上花尾	791
邯鄲記・17 勒功	錦水棹	23 仙呂入雙調	錦水棹	錦衣香、漿水令、川撥棹	792

〔註47〕按,《同夢記》【蠻山憶】乃據《牡丹亭・48 遇母》曲文改作;【眞珠簾】出自《牡丹亭・2 言懷》,首二句及部分文字略有更易。

附錄六 《南詞定律》、《九宮大成譜》收錄之《四夢》曲牌

說明：

1、以下將《南詞定律》、《九宮大成譜》收錄的所有《四夢》曲牌，包含南曲引子、過曲、集曲，北曲隻曲、套曲等，依其在各齣之先後整理如下。爲便於檢索，曲牌名稱均按曲譜所題，不再標示《四夢》原題曲名。

2、爲方便比較，乃將《南詞定律》及《九宮大成譜》收錄之相同曲牌並列。按，《南詞定律》頁碼「二：467」，表冊二，頁 467；《九宮大成譜》之頁碼則據《善本戲曲叢刊》第六輯。

3、下表乃以李殿魁、林佳儀、陳美如、高嘉穗、劉佳佳：「戲曲曲譜檢索系統」爲基礎製作，見國立臺灣傳統藝術總處籌備處臺灣音樂中心網站：http://210.241.82.1/qupu/。

4、《南詞定律》總計收入《四夢》92 曲：《紫釵記》10 曲、《牡丹亭》68 曲、《南柯記》6 曲、《邯鄲記》8 曲。《九宮大成譜》總計收入《四夢》148 曲：《紫釵記》22 曲、《牡丹亭》78 曲、《南柯記》7 曲、《邯鄲記》41 曲。

一、《紫釵記》

曲譜	卷、宮調	劇名及齣目	曲　牌	首　句　曲　文	頁碼
定律	9 雙調	紫釵記·2 春日言懷	珍珠簾	十年映雪圖南運	二：467
大成	1 仙呂	紫釵記·2 春日言懷	珍珠簾	十年映雪圖南運	304
大成	62 雙調	紫釵記·2 春日言懷	賀聖朝	天心一轉鴻鈞	5133
大成	23 越調	紫釵記·4 謁鮑述嬌	祝英臺近	翠屏閒青鏡冷	2115
大成	1 仙呂	紫釵記·4 謁鮑述嬌	糖多令	客思繞無涯	297
大成	69 黃鐘	紫釵記·5 許放觀燈	瓺仙燈	韶華深院	5911
定律	5 大石	紫釵記·6 墮釵燈影	玉樓春	嬋娟此會眞奇絕	一：642
大成	72 黃鐘	紫釵記·7 託鮑謀釵	啄木二仙歌	波文瑩鈕疊明	6142
大成	72 黃鐘	紫釵記·7 託鮑謀釵	啄木二仙歌	花燈後人笑聲	6143
大成	57 商調	紫釵記·8 佳期議允	字字錦	無意燕分開	4617
定律	8 南呂	紫釵記·8 佳期議允	一剪梅	睡起東風數物華	二：233
定律	8 南呂	紫釵記·8 佳期議允	繡帶兒	休嗟，嬌花女教人愛殺	二：270
定律	8 南呂	紫釵記·14 狂朋試喜	阮郎歸	綠紗窗外曉光催	二：240
大成	48 南呂宮	紫釵記·14 狂朋試喜	阮郎歸	綠紗窗外曉光催	3738
大成	2 仙呂	紫釵記·18 黃堂言餞	短拍	翰苑風清	402
大成	9 中呂宮	紫釵記·18 黃堂言餞	好事近	京兆選才人	1181

曲譜	卷、宮調	劇名及齣目	曲牌	首 句 曲 文	頁碼
定律	11 般涉	紫釵記·22 權嗔計貶	一落索	劍履下朝堂	三：163
大成	42 高大石調	紫釵記·22 權嗔計貶	一落索	劍履下朝堂	3460
定律	8 南呂	紫釵記·25 折柳陽關	生查子	才子跨征鞍	二：239
定律	5 大石	紫釵記·33 巧夕驚秋	念奴嬌序	還倩，那些縹緲銀鸞	一：647
大成	57 商調	紫釵記·36 淚展銀屏	梧桐葉	你道爲甚呵勾引的黃昏淚	4648
定律	8 南呂	紫釵記·37 移參孟門	瑣窗寒	倚風塵萬里中原	二：264
大成	49 南呂宮	紫釵記·37 移參孟門	瑣窗寒	倚風塵萬里中原	3843
大成	48 南呂宮	紫釵記·38 計哨訛傳	薄倖	翠館雲閒	3728
大成	12 中呂宮	紫釵記·39 淚燭裁詩	榴花好	非煙染筆畫眉螺	1376
大成	76 羽調	紫釵記·42 婉拒強婚	喜相逢	風流誰絆	6468
大成	9 中呂宮	紫釵記·47 怨撒金錢	行香子	去也春光月地花天	1201
定律	9 雙調	紫釵記·47 怨撒金錢	玉供鶯	玉釵拋漾	二：598
大成	4 仙呂	紫釵記·47 怨撒金錢	玉供鶯	玉釵拋漾	718
大成	69 黃鐘	紫釵記·52 劍合釵圓	瓬仙燈	淑女病留連	5911
大成	26 越調	紫釵記·52 劍合釵圓	山桃紅	教他看俺萱堂一面	2300
大成	69 黃鐘	紫釵記·53 節鎮宣恩	長命女	春風轉新婚久別重相見	5925

二、《牡丹亭》

曲譜	卷、宮調	劇名及齣目	曲牌	首 句 曲 文	頁碼
定律	10 商調	牡丹亭·2 言懷	遶池簾	河東舊族，柳氏門楣最	三：34
大成	62 雙調	牡丹亭·2 言懷	眞珠簾	河東舊族，柳氏名門最	5130
定律	4 仙呂	牡丹亭·2 言懷	九迴腸	雖則俺改名換字	一：610
大成	4 仙呂	牡丹亭·2 言懷	六時理鍼線	雖則俺改名換字	653
定律	9 雙調	牡丹亭·3 訓女	玉山頹	爹娘萬福	二：595
大成	4 仙呂	牡丹亭·3 訓女	玉山頹	爹娘萬福女孩兒無限歡娛	715
定律	4 仙呂	牡丹亭·4 腐歎	雙勸酒	燈窗苦吟，寒酸撒吞	一：560
定律	2 正宮	牡丹亭·4 腐歎	洞仙歌	頭巾破了修	一：338
大成	31 正宮	牡丹亭·4 腐歎	洞仙歌	頭巾破了修	2787

曲譜	卷、宮調	劇名及齣目	曲　牌	首　句　曲　文	頁碼
定律	4 仙呂	牡丹亭・7 閨塾	掉角兒序	論六經詩經最葩	一：501
大成	2 仙呂	牡丹亭・8 勸農	八聲甘州	千村轉歲華	404
大成	64 雙調	牡丹亭・8 勸農	孝金經	泥滑剌，腳支沙	5312
定律	9 雙調	牡丹亭・8 勸農	孝金歌	乘穀雨，採新茶	二：643
大成	64 雙調	牡丹亭・8 勸農	孝金經	乘穀雨，採新茶	5313
定律	9 雙調	牡丹亭・8 勸農	清南枝	黃堂春遊韻瀟灑	二：620
大成	64 雙調	牡丹亭・8 勸農	清南枝	黃堂春遊韻瀟灑	5320
定律	8 南呂	牡丹亭・9 肅苑	古一江風	老書堂，暫借扶風帳	二：261
大成	49 南呂宮	牡丹亭・9 肅苑	一江風	老書堂，暫借扶風帳	3770
大成	2 仙呂	牡丹亭・10 驚夢	步步嬌	裊晴絲吹來閒庭院	333
定律	4 仙呂	牡丹亭・10 驚夢	醉扶歸	你道翠生生出落的裙衫兒茜	一：488
大成	2 仙呂	牡丹亭・10 驚夢	醉扶歸	你道翠生生出落的群衫兒茜	387
定律	10 商調	牡丹亭・10 驚夢	山坡羊	沒亂裡，春情難遣	三：52
定律	13 越調	牡丹亭・10 驚夢	山桃紅	則爲你如花美眷	三：321
大成	26 越調	牡丹亭・10 驚夢	山桃紅	則爲你如花美眷	2301
大成	25 越調	牡丹亭・10 驚夢	鮑老催	單則是混陽蒸變	2252
大成	26 越調	牡丹亭・10 驚夢	山桃紅	這一霎天留人便	2302
定律	13 越調	牡丹亭・10 驚夢	綿搭絮	雨香雲片	三：279
定律	13 越調	牡丹亭・俗增堆花	五般宜	一個是意昏昏夢魂顛	三：258
大成	25 越調	牡丹亭・俗增堆花	雙聲子	柳夢梅，柳夢梅，夢兒裏成姻眷	2252
定律	4 仙呂	牡丹亭・12 尋夢	夜遊宮	膩臉朝雲罷盥	一：466
大成	1 仙呂	牡丹亭・12 尋夢	夜遊宮	膩臉朝雲罷盥	297
大成	2 仙呂	牡丹亭・12 尋夢	月兒高	幾曲屏山展	396
定律	9 雙調	牡丹亭・12 尋夢	惜花賺	何意嬋娟	二：561
大成	3 仙呂	牡丹亭・12 尋夢	惜花賺	何意嬋娟	571
大成	3 仙呂	牡丹亭・12 尋夢	嘉慶子	是誰家少俊來近遠	539
大成	3 仙呂	牡丹亭・12 尋夢	尹令	咱不是前生愛眷	541

曲譜	卷、宮調	劇名及齣目	曲牌	首 句 曲 文	頁碼
定律	9 雙調	牡丹亭・12 尋夢	玉嬌枝	似這等荒涼地面	二：503
大成	3 仙呂	牡丹亭・12 尋夢	玉嬌枝	似這等荒涼地面	517
大成	2 仙呂	牡丹亭・12 尋夢	三月海棠	怎賺騙依稀想像人兒見	393
定律	9 雙調	牡丹亭・12 尋夢	么令	偏則他暗香清遠	二：512
大成	3 仙呂	牡丹亭・12 尋夢	么令	偏則他暗香青遠	522
定律	10 商調	牡丹亭・13 訣謁	杏花臺	雖然是飽學名儒	三：35
大成	23 越調	牡丹亭・13 訣謁	杏花天	雖然是飽學名儒	2118
定律	4 仙呂	牡丹亭・13 訣謁	桂花遍南枝	有身如寄，無人似你	一：576
定律	2 正宮	牡丹亭・14 寫眞	雁過聲	輕綃把鏡兒擘掠	一：292
大成	32 正宮	牡丹亭・14 寫眞	刷子玉芙蓉	春歸恁寒悄	2857
定律	1 黃鐘	牡丹亭・14 寫眞	耍鮑老	這本色人兒妙	一：160
大成	70 黃鐘	牡丹亭・14 寫眞	鮑老催	這本色人兒妙	5977
定律	10 商調	牡丹亭・20 鬧殤	集賢賓	海天悠，問冰蟾何處湧	三：45
大成	57 商調	牡丹亭・20 鬧殤	集賢賓	海天悠，問冰蟾何處湧	4589
定律	10 商調	牡丹亭・20 鬧殤	黃玉鶯兒	生小事依從	三：101
大成	58 商調	牡丹亭・20 鬧殤	黃玉鶯兒	生小事依從	4745
大成	7 仙呂調	牡丹亭・23 冥判	點絳唇	十地宣差	1131
大成	7 仙呂調	牡丹亭・23 冥判	混江龍	這筆架在落迦山外	1131
大成	7 仙呂調	牡丹亭・23 冥判	油葫蘆	蝴蝶呵你粉版花衣勝剪裁	1138
大成	7 仙呂調	牡丹亭・23 冥判	天下樂	猛見了蕩地驚天女俊才	1139
大成	7 仙呂調	牡丹亭・23 冥判	哪吒令	瞧了你潤風風粉腮	1140
大成	7 仙呂調	牡丹亭・23 冥判	鵲踏枝	一溜溜女嬰孩	1141
大成	7 仙呂調	牡丹亭・23 冥判	後庭花	但尋常春自在	1141
大成	7 仙呂調	牡丹亭・23 冥判	寄生草	花把青春賣	1145
大成	7 仙呂調	牡丹亭・23 冥判	寄生草	他陽祿還長在	1146
大成	7 仙呂調	牡丹亭・23 冥判	賺煞	欲火近乾材	1146
定律	9 雙調	牡丹亭・24 拾畫	金馬兒	驚春誰似我	二：478
定律	4 仙呂	牡丹亭・24 拾畫	卜算仙	無奈女冠何	一：473
定律	6 中呂	牡丹亭・24 拾畫	好事近	風月暗消磨	二：133
定律	2 正宮	牡丹亭・24 拾畫	錦纏道	門兒鎖	一：276

曲譜	卷、宮調	劇名及齣目	曲　牌	首　句　曲　文	頁碼
大成	31 正宮	牡丹亭・24 拾畫	錦纏道	門兒鎖	2729
定律	6 中呂	牡丹亭・24 拾畫	千秋歲	小嵯峨	二：39
大成	10 中呂宮	牡丹亭・24 拾畫	千秋歲	小嵯峨	1266
定律	1 黃鐘	牡丹亭・25 憶女	翫仙燈	睹物懷人	一：142
定律	10 商調	牡丹亭・26 玩眞	二鶯兒	些兒個	三：81
大成	57 商調	牡丹亭・26 玩眞	二郎神慢	此兒箇	4585
定律	10 商調	牡丹亭・26 玩眞	鶯啼御林	他青梅在手詩細哦	三：92
大成	58 商調	牡丹亭・26 玩眞	鶯啼御琳	他青梅在手詩細哦	4728
定律	10 商調	牡丹亭・26 玩眞	簇御林	他能綽幹，會寫作	三：50
大成	57 商調	牡丹亭・26 玩眞	簇御林	他能綽幹，會寫作	4602
大成	57 商調	牡丹亭・27 魂遊	水紅花	則下得望鄉臺如夢悄魂靈	4636
定律	13 越調	牡丹亭・27 魂遊	黑麻令	不由俺無情有情	三：267
大成	25 越調	牡丹亭・27 魂遊	黑蟆令	不由俺無情有情	2229
定律	8 南呂	牡丹亭・28 幽媾	香遍滿	晚風吹下	二：296
大成	50 南呂宮	牡丹亭・28 幽媾	香遍滿	晚風吹下	3884
定律	8 南呂	牡丹亭・28 幽媾	朝天畫眉	怕的是粉冷香銷泣絳紗	二：426
大成	51 南呂宮	牡丹亭・28 幽媾	朝天懶	怕的是粉冷香銷泣絳紗	4119
定律	6 中呂	牡丹亭・28 幽媾	金馬樂	幽谷寒涯	二：156
大成	12 中呂宮	牡丹亭・28 幽媾	二馬普金花	幽谷寒涯	1405
定律	9 雙調	牡丹亭・28 幽媾	雙棹入江泛金風	俺驚魂化	二：618
定律	1 黃鐘	牡丹亭・29 旁疑	畫眉帶一封	閒步白雲除	一：212
大成	72 黃鐘	牡丹亭・29 旁疑	畫眉帶一封	閒步白雲除	6124
定律	4 仙呂	牡丹亭・30 歡撓	雨中歸	待整衣羅，遠遠相迎個	一：473
大成	70 黃鐘	牡丹亭・30 歡撓	黃龍袞	這更天一點鑼	6025
定律	1 黃鐘	牡丹亭・30 歡撓	金龍滾	畫屏人踏歌	一：232
大成	70 黃鐘	牡丹亭・30 歡撓	黃龍袞	畫屏人踏歌	缺
定律	4 仙呂	牡丹亭・32 冥誓	月夜渡江歸	暮雲金闕，風幡淡搖曳	一：618
大成	4 仙呂	牡丹亭・32 冥誓	月兒映江雲	暮雲金闕，風幡淡搖曳	627

曲譜	卷、宮調	劇名及齣目	曲　牌	首　句　曲　文	頁碼
定律	4 仙呂	牡丹亭・32 冥誓	雲鎖月	孤神害怯，佩環風定夜	一：615
大成	4 仙呂	牡丹亭・32 冥誓	雲鎖月	孤神害怯，珮環風定夜	623
定律	1 黃鐘	牡丹亭・32 冥誓	神仗滴溜	花根木節	一：208
定律	1 黃鐘	牡丹亭・32 冥誓	滴滴金	長眠人一向眠長夜	一：166
定律	10 商調	牡丹亭・34 調藥	鳳池遊	人間天上，道理都難講	三：34
定律	1 黃鐘	牡丹亭・35 回生	啄木三鸝	開山紙草面上鋪	一：223
大成	72 黃鐘	牡丹亭・35 回生	啄木三歌	開山紙草面上鋪	6141
定律	6 中呂	牡丹亭・36 婚走	榴花泣	三生一夢人世兩和諧	二：137
大成	12 中呂宮	牡丹亭・36 婚走	榴花好	三生一夢人世兩和諧	1375
定律	13 越調	牡丹亭・38 淮警	霜天杏	英雄出眾	三：249
定律	4 仙呂	牡丹亭・39 如杭	多卜算	海月未塵埋	一：474
定律	2 正宮	牡丹亭・39 如杭	雁過江	偶和你後花園曾夢來	一：389
定律	4 仙呂	牡丹亭・39 如杭	小措大	喜的一宵恩愛	一：481
定律	4 仙呂	牡丹亭・39 如杭	小措大	十年窗下，遇梅花凍九纔開	一：482
大成	2 仙呂	牡丹亭・39 如杭	小措大	十年窗下，遇梅花凍九才開	411
定律	8 南呂	牡丹亭・40 僕偵	新郎撫雁飛	世路平消長	二：357
定律	1 黃鐘	牡丹亭・41 耽試	滴溜子	金人的，金人的，風聞入寇	一：159
大成	70 黃鐘	牡丹亭・41 耽試	滴溜子	金人的，金人的，風聞入寇	5987
定律	4 仙呂	牡丹亭・42 移鎮	似娘兒	夫主挈兵符	一：471
定律	2 正宮	牡丹亭・43 禦淮	刼鍬兒	兵多食廣禁圍遶	一：342
定律	6 中呂	牡丹亭・44 急難	瓦盆兒	去遲科試，收場鎖院散群豪	二：110
大成	11 中呂宮	牡丹亭・44 急難	瓦盆兒	去遲科試，收場鎖院散群豪	1331
大成	11 中呂宮	牡丹亭・44 急難	漁家燈	說的來似怪如妖	1326
定律	8 南呂	牡丹亭・46 折寇	浣溪令	擺旌旗	二：391
大成	51 南呂宮	牡丹亭・46 折寇	浣溪令	擺旌旗	4067
定律	99 雙調	牡丹亭・46 折寇	玉桂枝	相夫登第	二：597

曲譜	卷、宮調	劇名及齣目	曲牌	首　句　曲　文	頁碼
大成	4 仙呂	牡丹亭・46 折寇	玉桂枝	相夫登第	717
定律	6 中呂	牡丹亭・47 圍釋	縷金嵌孩兒	無之奈，可如何	二：147
大成	12 中呂宮	牡丹亭・47 圍釋	雙金圓	無之奈，可如何	1419
定律	1 黃鐘	牡丹亭・48 遇母	十二漏聲高	不住的相思鬼	一：146
定律	4 仙呂	牡丹亭・48 遇母	鍼線箱	雖則是荒村店江聲月色	一：500
定律	10 商調	牡丹亭・48 遇母	山外嬌鶯啼柳枝	則道你烈性上青天	三：108
大成	25 越調	牡丹亭・48 遇母	番山虎	則道你烈性上青天	2231
定律	13 越調	牡丹亭・48 遇母	山桃竹柳四多嬌	你拋兒淺土，骨冷難眠	三：327
大成	25 越調	牡丹亭・48 遇母	番山虎	你拋兒淺土，骨冷難眠	2232
定律	13 越調	牡丹亭・48 遇母	山下多麻楷	近的話不堪提嚇	三：325
大成	25 越調	牡丹亭・48 遇母	番山虎	近的話不堪提嚇	2233
大成	25 越調	牡丹亭・48 遇母	番山虎	論魂離倩女是有	2234
定律	8 南呂	牡丹亭・49 淮泊	三登樂	有路難投	二：237
大成	閏	牡丹亭・53 硬拷	新水令	則這怯書生劍氣吐長虹	6819
大成	仙呂入雙角	牡丹亭・53 硬拷	步步嬌	我有女無郎早把青年送	6819
大成	閏	牡丹亭・53 硬拷	折桂令	恁道証明師一軸春容	6820
大成	仙呂入雙角	牡丹亭・53 硬拷	江兒水	眼腦兒天生是賊	6821
大成	閏	牡丹亭・53 硬拷	鴈兒落	我為他禮春容叫的凶	6822
大成	仙呂入雙角	牡丹亭・53 硬拷	得勝令	呀，我為他偎熨的體酥融	6822
大成	閏 仙呂入雙角	牡丹亭・53 硬拷	綵衣舞	則他御筆親標第一紅	6823
定律	9 雙調	牡丹亭・53 硬拷	綵衣舞	則他是御筆親標第一紅	二：525
大成	閏	牡丹亭・53 硬拷	收江南	呀，恁敢抗皇宣罵敕封	6824
大成	仙呂入雙角	牡丹亭・53 硬拷	園林好	嗔怪你會平章老相公	6825
大成	閏	牡丹亭・53 硬拷	沽美酒	你這孔夫子把公冶長陷繰綫中	6825
大成	仙呂入雙角	牡丹亭・53 硬拷	太平令	搶絲鞭御街攔縱	6825
大成	閏 仙呂入雙角	牡丹亭・53 硬拷	雙煞	你險把司天臺失陷了文星空	6827

三、《南柯記》

曲譜	卷、宮調	劇名及齣目	曲 牌	首 句 曲 文	頁碼
定律	4 仙呂	南柯記・5 宮訓	**粧臺帶甘歌**	光景一時新	一：571
大成	4 仙呂	南柯記・5 宮訓	**粧臺甘州歌**	光景一時新	662
大成	62 雙調	南柯記・15 侍獵	寶鼎現	綠槐風小	5129
定律	5 大石	南柯記・16 得翁	驀山溪	人間此處，有得神仙在	一：642
大成	17 大石調	南柯記・16 得翁	驀山溪	人間此處，有得神仙在	1828
定律	9 雙調	南柯記・18 拜郡	西江月引	本自將門爲將	二：469
大成	69 黃鐘	南柯記・20 御餞	疏影	冠裳俊雅	5915
大成	32 正宮	南柯記・25 玩月	鴈過紅	姮娥自在爭多	2895
定律	10 商調	南柯記・33 召還	意遲遲	一自瑤臺耽怕恐	三：31
大成	56 商調	南柯記・33 召還	意遲遲	一自瑤臺擔怕恐	4554
定律	10 商調	南柯記・33 召還	金衣間皂袍	杯酒散愁容	三：100
大成	58 商調	南柯記・33 召還	金衣間皂袍	杯酒散愁容	4740
定律	4 仙呂	南柯記・36 還朝	卜算子	紈袴插金貂	一：470

四、《邯鄲記》

曲譜	卷、宮調	劇名及齣目	曲 牌	首 句 曲 文	頁碼
大成	5 仙呂調	邯鄲記・3 度世	賞花時	翠鳳毛翎扎箒叉	779
大成	5 仙呂調	邯鄲記・3 度世	賞花時	恁休要劍斬黃龍一線差	779
大成	15 中呂調	邯鄲記・3 度世	粉蝶兒	秋色蕭疏	1779
大成	15 中呂調	邯鄲記・3 度世	醉春風	則爲俺無掛礙熱心腸	1779
大成	15 中呂調	邯鄲記・3 度世	紅繡鞋	趁江鄉落霞孤鶩	1780
大成	15 中呂調	邯鄲記・3 度世	迎仙客	俺曾把黃鶴樓將鐵笛吹	1781
大成	15 中呂調	邯鄲記・3 度世	石榴花	俺也不和他評高下說精粗	1782
大成	15 中呂調	邯鄲記・3 度世	鬥鵪鶉	你笑他盛酒的葫蘆	1782
大成	15 中呂調	邯鄲記・3 度世	上小樓	這四般兒非親者故	1783
大成	15 中呂調	邯鄲記・3 度世	上小樓	問伊箇如何是畢月烏	1784
大成	15 中呂調	邯鄲記・3 度世	白鶴子	是黃婆土築了基	1785
大成	15 中呂調	邯鄲記・3 度世	白鶴子	扇風囊隨鼓鑄	1785
大成	15 中呂調	邯鄲記・3 度世	白鶴子	這是按八風開地戶	1786
大成	15 中呂調	邯鄲記・3 度世	白鶴子	半凹兒承**奼**女	1787
大成	15 中呂調	邯鄲記・3 度世	快活三	不是俺袖青蛇膽氣**奼**	1787
大成	15 中呂調	邯鄲記・3 度世	十二月	這是你自來的辛苦	1788

曲譜	卷、宮調	劇名及齣目	曲 牌	首 句 曲 文	頁碼
大成	15 中呂調	邯鄲記·3 度世	滿庭芳	非關俺妄言禍福	1788
大成	15 中呂調	邯鄲記·3 度世	要孩兒	史記上單注著會歌舞邯鄲女	1789
大成	15 中呂調	邯鄲記·3 度世	煞尾	欠一箇蓬萊洞掃花人	1790
定律	4 仙呂	邯鄲記·14 東巡	望鄉歌	電轉星搖	一：612
大成	4 仙呂	邯鄲記·14 東巡	望鄉歌	電轉星搖	667
定律	1 黃鐘	邯鄲記·14 東巡	絳都春序	攂鼓鳴捎	一：147
大成	70 黃鐘	邯鄲記·14 東巡	絳都春序	攂鼓鳴捎	5949
定律	10 商調	邯鄲記·14 東巡	黃鶯學畫眉	金盞酌的仙桃	三：107
大成	58 商調	邯鄲記·14 東巡	黃鶯學畫眉	金盞酌的仙桃	4748
定律	1 黃鐘	邯鄲記·14 東巡	下小樓	虛囂，非常震撼	一：168
大成	18 大石調	邯鄲記·14 東巡	人月圓	跌著腳教我如何理	1857
大成	28 越角	邯鄲記·15 西諜	看花回	莽乾坤一片江山	2647
大成	28 越角	邯鄲記·15 西諜	綿搭絮	打番兒漢	2647
大成	28 越角	邯鄲記·15 西諜	綿搭絮	小番兒身才輕巧	2648
大成	28 越角	邯鄲記·15 西諜	青山口	但教俺穿營入寨無危難	2649
大成	28 越角	邯鄲記·15 西諜	聖藥王	天天天你教俺兩片皮	2650
大成	28 越角	邯鄲記·15 西諜	慶元貞	則將這紙條兒，紙條兒窀地的莊嚴看	2651
大成	28 越角	邯鄲記·15 西諜	古竹馬	懷揣著片	2652
大成	28 越角	邯鄲記·15 西諜	煞尾	無筆仗，指甲裏指著木刀鑽	2653
定律	9 雙調	邯鄲記·17 勒功	錦水棹	陽關道，來回到	二：621
大成	4 仙呂	邯鄲記·17 勒功	錦水棹	陽關道，來回到	737
大成	62 雙調	邯鄲記·18 閨喜	桃源憶故人	盧郎未老因緣大	5138
大成	63 雙調	邯鄲記·18 閨喜	夜雨打梧桐	盼雕鞍你何日歸來和我	5187
大成	小石調	邯鄲記·22 備苦	玉箈子	是烏鰌還是白鱛	3297
定律	9 雙調	邯鄲記·2 行田	柳搖金	青驢緊跨	二：539
大成	63 雙調	邯鄲記·2 行田	柳搖金	青驢緊跨	5174
定律	13 越調	邯鄲記·30 合仙	浪淘沙	甚麼大姻親	三：312
大成	66 雙角	邯鄲記·30 合仙	浪淘沙	甚麼大姻親	5695
大成	66 雙角	邯鄲記·30 合仙	浪淘沙	甚麼大關津	5696
定律	8 南呂	邯鄲記·4 入夢	賀新郎	羞殺兒家	二：249
大成	49 南呂宮	邯鄲記·4 入夢	賀新郎	羞殺兒家	3781
大成	32 正宮	邯鄲記·6 贈試	普天樂集	寬金盞瀉杜康	2843
大成	32 正宮	邯鄲記·6 贈試	普天樂集	葫蘆提田舍郎	2844

後　記

　　我的研究興趣在戲曲，而且對戲曲音樂充滿好奇，喜歡看不同聲腔劇種的表演，本來博士論文想做與戲曲音樂發展相關的研究，並不打算專做接觸最多的崑曲，希望能夠拓展研究視野。但在 2006 第五屆國際青年學者漢學會議上發表〈試論葉堂《納書楹四夢全譜》宛轉相就之法〉之後，實在被葉堂的觀點及《納書楹曲譜》的各種作法吸引，終究選擇最熟悉的崑曲入手，研究文、樂緊密結合的曲牌，期望於曲學一脈，能兼顧繼承與創新。

　　學習做研究的過程，最要感謝指導教授李殿魁老師、蔡欣欣老師，以及北京中國傳媒大學的路應昆老師。李老師引領我進入戲曲音樂的門徑，大處著眼、博洽多聞，總是最佳指南，在他傍南山居的書房，品著香茗、取閱藏書，李老師即使年逾古稀，仍勤於涉獵、樂於傳授，這般師生論學的氣氛，迥異於大學教室的氛圍，真像書院中師生相親，寫論文期間，老師放手讓我發揮，總是聽著我嚷嚷報告進度，那份沈穩與適時的點撥，也讓我焦躁的心緒漸趨安頓。欣欣老師自 1996 年起帶我參與研究或執行專案，從最早國光劇團「布袋戲研習營」，到《崑曲藝術大典》臺灣部分詞條，期間還曾與她在數九寒冬赴北京等地訪問及收集資料，看她終年忙碌，實在佩服她的好性情，對長輩、對藝人、對學生、對研究、對藝文活動，總是滿載熱情、關愛與耐性，雖然我們總是不忍她那麼忙累，但也因此開拓了多元的視野及經驗。會認識路老師，是因為李老師總是要我多認識高腔，於是我碩三到北京時，試著打電話給初聞大名的路老師，此後經常魚雁往返，我還曾搶先閱讀他將發表的論文，並多所請教，他對戲曲音樂、戲曲史發展的細膩思考，讓我獲益不少，而路老師不僅經常給予中肯的意見、慷慨提供曲譜文獻，又促成我 2005

年暑假到成都、長沙接觸高腔，且精到扼要地解說川劇高腔曲牌類，種種關照令人難忘。還要感謝論文口試委員曾永義老師、林逢源老師、潘麗珠老師、李國俊老師，從研究體系、論文架構、議題開展、書寫體例、行文習慣等，提供我努力的方向及修正意見，使埋首撰寫的我，有更清晰的脈絡，不再侷限於自己的觀點。

獨學無友確實寂寞，好在我有同年考上博士班，同樣研究戲曲的范大哥、曉英可以互相切磋，雖然分屬不同學校，但彼此分享書籍資訊、討論研究方法、關心論文進度、參加彼此口試，眞讓我覺得他們才是我的同學。還有淑薰學姐及嘉齡，都讀政大多年，也在高中任教，先後回來讀博班，除了一起修課、看戲，還互相關心、陪伴打氣。我在政大最早認識的同學瑞文，則讓我每次到遙遠的中研院查資料之餘，也有歡聚閒話的愉悅。而共同執行「戲曲曲譜檢索系統」計畫案的美如學姐、嘉穗學姐、佳佳、兆育，合作的成果，使大家在檢索曲牌時方便許多，不僅了卻李老師一椿心願，我更是首先受惠。還要謝謝嘉穗學姐、婉淳，及早當我論文的讀者，甚至催促進度。謝謝麗山高中的長官及同事，在我進修期間給予的支持及體諒；謝謝北京的陳均、邵錚，爲我複印曲譜；還有許多曾經幫助及鼓勵過我的人。最後，感謝我親愛的家人——爸爸、媽媽、弟弟，給我足夠的空間及時間，讓我能靜下心來寫作、發展自己的興趣，並參與見證。

生命中的情事難免因緣際會，我與崑曲的相遇正是如此。這一切的開始，是我高中時好奇被譽爲「戲曲之母」的崑曲，究竟是怎樣的風華，於是 1994 年張繼青老師的演講，是我第一次現場聆聽崑曲的聲音；進入政大，大二時意外成爲崑曲社的復社社長，後來逐漸參與水磨曲集崑劇團的演出並成爲團員，除了學戲及演出，更在籌辦執行活動的過程中，彼此包容，一起成長，尤其感謝陳彬老師，不僅在排練場耐心指導，平日中也滿是關愛；期間崑曲傳習計畫、大陸崑劇團演出、專業老師來臺教學，總是生活中的美麗光影。寫作博士論文的最後一學期，擔任第九屆政大駐校藝術家活動臺灣崑劇菁英匯演等場次的執行製作，喚起我流連藝文中心排戲的年少記憶；甚至論文口試與演出《紅梨記・花婆》（這可是我等待七年，博二時周志剛老師終於排出並首演的戲），恰好在同一星期；而寫完論文的暑假，與修改進度角力的，則是王維艱老師清亮的嗓音與生動的表演，終於有機會正式跟老旦老師學戲了，所學的《釵釧記・相約相罵》、《吟風閣雜劇・罷宴》，也已順利登台演出。

沒想到一點初心竟渲染至此，崑曲不僅豐富了我的生命，更成為我的研究對
象，我與崑曲的緣分，還將持續下去。

畢業三年，博士論文即將出版，感謝蔡欣欣老師推薦、李殿魁老師揮筆
作序，以及花木蘭文化出版社的支持。整理文稿之際，幾度掙扎是否修改，
師長的建議、後續的思考，都有可以補充之處；然而，最終仍只做小幅度修
訂：書名副標題增入「訂譜作法」四字、調整第四章第一節討論次第、改定
書中部分文句，還是維持博士論文的立論架構、論述語氣。與論文相關的延
伸課題，將在日後的研究中繼續推進，各具獨立意義。最後，本書的種種青
澀與不足，尚祈不吝指正。

佳儀誌於枋橋　2012.6.29